TERRY PRATCHETT

Nur Du kannst sie verstehen

Buch

Manche würden sie vielleicht Gespenster nennen. Sie selbst nennen sich Ex-Senioren. Es handelt sich um die Bewohner des Friedhofs von Blackbury City, die einen ganz bestimmten Grund dafür haben, daß sie sich dem 12jährigen Johnny offenbaren. Denn die Stadtverwaltung will dafür sorgen, daß die alten Gräber einem nagelneuen Bürogebäude weichen müssen, und die Bewohner des Friedhofs wollen sich nicht so einfach »entmieten« lassen. Johnny soll ihnen dabei helfen. Und warum? Ist doch ganz klar: Auch Ex-Senioren haben schließlich Rechte.

Ein großartiges, geistreiches und tiefgründiges Abenteuer für alle, die es nicht verlernen wollen, die Welt mit den Augen eines Kindes zu sehen – und natürlich für alle Fans von Terry Pratchetts Scheibenwelt.

Autor

Terry Pratchett, geboren 1948, gilt als Großbritanniens scharfsinnigster und pointensicherster Komik-Spezialist. Er lebt in Somerset.

Terry Pratchett im Goldmann Verlag

Voll im Bilde. Ein Scheibenwelt-Roman (41543)
Alles Sense! Ein Scheibenwelt-Roman (41551)
Total verhext. Ein Scheibenwelt-Roman (41557)
Einfach göttlich. Ein Scheibenwelt-Roman (41556)
Lords und Ladies. Ein Scheibenwelt-Roman (42580)
Helle Barden. Ein Scheibenwelt-Roman (43048)
Rollende Steine. Ein Scheibenwelt-Roman (41589)
Echt zauberhaft. Ein Scheibenwelt-Roman (41599)
Nur Du kannst die Menschheit retten. Roman (42633)
Die Scheibenwelt von A–Z (43263)
Die Straßen von Ankh-Morpork. Eine Scheibenwelt-Karte (24719)

TERRY PRATCHETT

Nur Du kannst sie verstehen

Roman

Aus dem Englischen von
Emily Pichelsteiner

GOLDMANN

Die englische Originalausgabe erschien 1993
unter dem Titel »Johnny and the Dead« bei Doubleday,
a division of Transworld Publishers Ltd., London

Umwelthinweis:
Alle bedruckten Materialien dieses Taschenbuches
sind chlorfrei und umweltschonend.
Das Papier enthält Recycling-Anteile.

Der Goldmann Verlag
ist ein Unternehmen der Verlagsgruppe Bertelsmann

Genehmigte Taschenbuchausgabe 7/97

Umschlaggestaltung: Design Team München
Umschlagfoto: Gruner und Jahr/Photonica
Satz: Uhl + Massopust, Aalen
Druck: Elsnerdruck, Berlin
Verlagsnummer: 42634
SN / Herstellung: sc
Made in Germany
ISBN 3-442-42634-0

1 3 5 7 9 10 8 6 4 2

Vorwort des Autors

Ich habe die geschichtlichen Fakten ein wenig verdreht. Solche Dinge wie das Bataillon der Kameraden von Blackbury gab es tatsächlich. Sie waren ein ebenso schreckliches wie unschuldiges Instrument, um eine ganze Generation junger Männer aus einer bestimmten Gegend mit einem einzigen Kanonenschlag auszulöschen. Aber mit dem Sommer 1916, als die erste Schlacht an der Somme stattfand, war diese Praktik ausgestorben. Am ersten Tag jener Schlacht kamen neunzehntausend britische Soldaten ums Leben.

»Thomas Atkins« war tatsächlich der Name, der auf den Papieren der britischen Armee verwendet wurde, so wie heute überall »B. Mustermann« oder ähnliches steht. »Tommy Atkins« wurde deshalb zum Spitznamen für den britischen Soldaten schlechthin.

Es gab sicherlich eine ganze Reihe von echten Tommy Atkins' im Krieg. Dieses Buch ist ihnen gewidmet – wo immer sie sein mögen.

Kapitel Eins

Johnny wußte selbst nie so recht, wieso er angefangen hatte, die Toten zu sehen.
Der Stadtrat meinte, er habe es wahrscheinlich getan, weil es bequemer war, als sie nicht zu sehen.

Er sagte, bei den meisten Leuten lasse der Kopf es nicht zu, daß sie Dinge sahen, die sie aufregen könnten. Der Stadtrat meinte, er müsse es schließlich wissen, da er sein ganzes Leben (1822–1906) damit zugebracht hatte, irgendwas *nicht* zu sehen.

Wobbler Johnson, sozusagen Johnnys bester Freund, hielt ihn schlicht für durchgeknallt. Aber Yo-less, der medizinische Bücher las, meinte, er könne wahrscheinlich seine Gedanken nicht wie normale Menschen auf etwas Bestimmtes konzentrieren. Normale Menschen bekamen fast nichts von dem mit, was um sie herum geschah, und konzentrierten sich statt dessen auf die wichtigen Dinge wie Aufstehen, aufs Klo gehen und in ihrem Leben vorankommen. Wogegen Johnny morgens einfach die Augen öffnete, und das ganze Universum prallte ihm ins Gesicht. Wobbler sagte, das höre sich immer noch ziemlich nach »durchgeknallt« an.

Aber wie auch immer man es erklärte, es *bedeutete* nur eins: Johnny sah Dinge, die andere Leute nicht sahen.

Wie zum Beispiel die toten Leute, die auf dem Friedhof rumhingen.

Der Stadtrat – zumindest der *alte* Stadtrat – rümpfte über die meisten anderen Toten ein wenig die Nase, sogar über Mr. Vicenti, der ein riesiges schwarzes Marmorgrab mit Engeln hatte; hinter einer Glasscheibe war dort ein Foto von Mr. Vicenti (1897–1958), auf dem er alles andere als tot aussah. Der Stadtrat meinte, Mr. Vicenti sei ein Mafiaboß gewesen. Mr. Vincenti hingegen erzählte Johnny, daß er sein ganzes Leben lang Großhandelsvertreter für Krimskrams, Amateur-Entfesselungskünstler und Entertainer für Kinder gewesen sei, was in einigen wesentlichen Punkten ziemlich weit von einem Leben als Mafiaboß entfernt war.

Aber das war alles erst später. Als er die Toten schon ein wenig besser kannte. Nachdem der Geist des Ford Capri aufgetaucht war.

Johnny hatte den Friedhof eigentlich erst entdeckt, nachdem er bei Opa eingezogen war. Das war im dritten Teil der Experimentier-Phase, nach dem Rumbrüllen, was ziemlich schlimm gewesen war, und dem Vernünftigsein (noch schlimmer – Menschen können einfach besser rumbrüllen). Jetzt hatte sein Vater einen neuen Job irgendwo am anderen Ende des Landes. Johnny hatte das leise Gefühl, daß alles in Ordnung kommen könnte, nachdem sie endlich damit aufgehört hatten, vernünftig sein zu wollen. Aber im großen und ganzen versuchte er einfach, so wenig wie möglich darüber nachzudenken.

Er hatte aufgehört, mit dem Bus nach Hause zu fahren, und war statt dessen den Weg am Kanal entlang gegangen; dabei hatte er entdeckt, daß man die Hälfte des Weges abkürzen konnte wenn man an der eingefallenen Stelle über die Mauer kletterte und dann hinter dem Krematorium herum ging.

Die Gräber reichten bis ganz hinunter ans Kanalufer.

Es war einer dieser alten Friedhöfe, hier gab es noch Eulen und Füchse. Manchmal stand in der Sonntagszeitung etwas über das kulturelle Erbe der viktorianischen Zeit, aber dieser Friedhof wurde nie erwähnt, da er zu weit von London entfernt war.

Wobbler fand ihn gruselig und ging manchmal den langen Weg, aber Johnny war enttäuscht, daß es nicht gruseliger war. Wenn man erst mal vergessen hatte, was es eigentlich war – daß da lauter Skelette unter der Erde lagen und im Dunkeln vor sich hingrinsten –, war es gar nicht übel. Vögel sangen. Die Autos waren kaum mehr zu hören. Einfach friedlich.

Einiges hatte er jedoch erst abchecken müssen. Auf manchen der älteren Gräber standen große Steintruhen, und in den verwilderten Ecken des Friedhofs hatten sie Risse bekommen oder waren sogar aufgegangen. Vorsichtshalber hatte er mal reingeschaut.

Und sie zu seiner Enttäuschung leer gefunden.

Und dann gab es noch die Mausoleen. Sie waren viel größer und hatten Türen. Sie sahen ein bißchen wie Gartenhäuschen aus, nur mit Engeln drauf. Die Engel waren oft lebensechter, als man erwartet hätte, vor allem einer am Eingang, der so aussah, als wäre ihm gerade eingefallen, daß er lieber noch mal im Himmel aufs Klo gegangen wäre.

Jetzt gingen die beiden Jungs über den Friedhof und wirbelten dabei die dicke Laubschicht vom Boden auf.

»Nächste Woche ist Halloween«, sagte Wobbler. »Ich gebe 'ne Party. Alle müssen als was Schreckliches kommen. Du kannst dir natürlich die Verkleidung sparen.«

»Danke«, sagte Johnny.

»Ist dir aufgefallen, daß in den Läden in letzter Zeit viel mehr Halloweenzeugs rumliegt?« fragte Wobbler.

»Das ist, weil sich die Leute mit dem Feuerwerk andauernd selbst in die Luft gejagt haben. Also hat man Halloween erfunden, wo es nur Masken und so 'n Zeug gibt.«

»Mrs. Nugent sagt, das ist Okkultismus«, sagte Wobbler. Mrs. Nugent war die Nachbarin der Johnsons und bekannt dafür, ziemlich wenig Verständnis für einige Dinge zu haben, wie zum Beispiel Madonna in voller Lautstärke nachts um drei.

»Kann schon sein«, meinte Johnny.

»Sie sagt, die Hexen seien an Halloween verreist«, sagte Wobbler.

»Was?« fragte Johnny verblüfft. »Machen die Urlaub auf Mallorca oder wie?«

»Vermutlich«, sagte Wobbler.

»Na ja, das ist wahrscheinlich gar nicht so dumm. Vermutlich kriegen sie Sonderangebote, von wegen Nachsaison und weil sie alte Damen sind«, sagte Johnny. »Meine Tante kann fast umsonst Bus fahren, wohin sie will, und dabei ist sie nicht mal 'ne Hexe.«

»Dann verstehe ich aber nicht, warum Mrs. Nugent sich Sorgen macht«, sagte Wobbler. »Müßte hier doch viel sicherer sein, wenn alle Hexen im Urlaub sind.«

Sie kamen an einem reichverzierten Mausoleum vorbei, das sogar kleine Bleiglasfenster hatte. Man konnte sich schwer vorstellen, wer da reinschauen sollte, aber noch unwahrscheinlicher war, daß jemand rausgucken wollte.

»Es wäre nicht gerade toll, mit denen im selben Flugzeug zu sitzen«, sagte Wobbler, der angestrengt nachgedacht hatte. »Stell dir vor, du kannst dir nur leisten, im Herbst zu verreisen, und dann steigst du ins Flugzeug und da sitzen lauter Hexen auf Urlaub.«

»Und singen ›Oléoléoléolé‹«? sagte Johnny. »Und

›Viva Espanniel‹? Aber ich wette, der Service im Hotel wäre echt stark.«

»Ja«.

»Eigentlich komisch«, meinte Johnny.

»Was?«

»Ich hab mal 'n Buch gelesen, über Leute in Mexiko oder so, und da gehen alle am Halloween auf einen Friedhof und feiern eine große Fiesta, jedes Jahr. Sie sehen nämlich nicht ein, warum man Leute von Feiern ausschließen sollte, bloß weil sie tot sind.«

»Igitt. Eine Party? So richtig auf dem Friedhof?«

»Ja.«

»Schätze, da kommen unheimliche grüne Finger aus der Erde und klauen die Würstchen?«

»Glaub ich nicht. Und außerdem . . . die essen keine Würstchen in Mexiko. Die essen Tort . . . äh.«

»Torteletts.«

»Ja?«

»Ich wette«, sagte Wobbler und sah sich um, »ich wette, du traust dich nicht, hier an eine Tür zu klopfen. Ich wette, du würdest Tote da drin rumschlurfen hören.«

»Wieso schlurfen?«

Wobbler überlegte.

»Sie schlurfen immer«, sagte er. »Keine Ahnung warum. Ich hab's in Videos gesehen. Und sie können durch Wände gehen.«

»Warum?«, sagte Johnny.

»Warum was?«

»Warum durch Wände gehen? Ich meine ... lebende Menschen können das auch nicht. Warum sollten Tote es können?«

Wobblers Mutter war nicht besonders streng, was Videos anging. Angeblich erlaubte sie ihm sogar Videos zu sehen, die auch Hundertjährige nur mit ihrer Mama anschauen durften.

»Weiß ich nicht«, sagte er. »Meistens sind sie wegen irgend etwas ziemlich sauer.«

»Weil sie tot sind, meinst du?«

»Wahrscheinlich«, meinte Wobbler. »Kann kein besonders schönes Leben sein.«

Johnny dachte an diesem Abend darüber nach, nachdem er den alten Stadtrat kennengelernt hatte. Die einzigen Toten, die er bis dahin gekannt hatte, waren Mr. Page, der im Krankenhaus an irgendwas gestorben war, und seine Uroma, die 96 Jahre alt gewesen und einfach so gestorben war. Keiner von denen war je besonders wütend gewesen. Seine Uroma war vielleicht ein bißchen durcheinander, aber nie böse. Er hatte sie im Haus Sonnenblick besucht, und da hatte sie nur ziemlich viel ferngesehen und aufs nächste Essen gewartet. Und Mr. Page war immer spazierengegangen; der einzige Mann in der Straße, der mitten am Tag zu Hause war.

Das waren bestimmt keine Leute, die nach dem Tod einfach aufstehen und mit Michael Jackson tanzen würden. Und das einzige, wofür seine Uroma durch die

Wand gegangen wäre, wäre ein Fernseher, bei dem sie sich nicht mit fünfzehn anderen alten Damen um die Fernbedienung prügeln mußte.

Johnny hatte das Gefühl, daß viele Leute manches ziemlich falsch verstanden. Das sagte er Wobbler auch, aber der war anderer Meinung.

»Wenn man erst mal tot ist, sieht man das wahrscheinlich ganz anders«, erklärte er.

Sie gingen die West Avenue hinunter. Der Friedhof war angelegt wie eine Stadt mit Straßen. Sie hatten keine besonders originellen Namen – North Drive und South Walk kreuzten sich zum Beispiel an einem kleinen Kiesplatz, auf dem ein paar Bänke standen, mit der West Avenue. Der Platz war so etwas wie die Stadtmitte. Aber die Stille der großen viktorianischen Mausoleen ließ ihn aussehen, als wäre hier noch früher als anderswo Ladenschluß.

»Mein Vater sagt, das hier wird alles demnächst bebaut«, erzählte Wobbler. »Er sagt, die Stadt hätte es für fünf Pence an irgendeine große Gesellschaft verkauft, weil die Instandhaltung so teuer ist.«

»Was? Das Ganze?« sagte Johnny.

»Hat er jedenfalls gesagt«, meinte Wobbler. Selbst er sah ein bißchen verunsichert aus. »Er hat gesagt, es sei ein Skandal.«

»Sogar das Stück mit den Pappeln?«

»Das Ganze«, sagte Wobbler. »Es würden Büros drauf gebaut oder so was.«

Johnny sah sich um. Der Friedhof war die einzige unbebaute Fläche weit und breit. »Ich hätte denen wenigstens ein Pfund gegeben«, sagte er.

»Ja, aber du hättest nichts drauf bauen können«, erwiderte Wobbler. »Das ist der springende Punkt.«

»Ich wollte auch gar nichts drauf bauen. Ich hätte ihnen ein Pfund gegeben, damit es so bleibt, wie es ist.«

»Ja«, sagte Wobbler, vernünftig wie immer, »aber die Leute müssen irgendwo arbeiten. Wir brauchen Arbeitsplätze.«

»Ich wette, die Leute hier werden sich nicht gerade freuen«, sagte Johnny, »wenn sie es erfahren.«

»Ich glaube, man bringt sie woanders hin«, vermutete Wobbler. »Irgendwie so muß es sein. Sonst würde sich ja keiner von denen, die hierherziehen, trauen, den Garten umzugraben.«

Johnny sah sich das nächstgelegene Grab an, das wie ein Gartenhäuschen aus Marmor aussah. Bronzene Lettern über dem Eingang besagten:

STADTRAT THOMAS BOWLER
1822–1906
Pro Bono Publico

Daneben war ein Gesicht eingemeißelt, vermutlich das vom Stadtrat selbst, das ernst ins Leere starrte, als würde er sich ebenfalls fragen, was Pro Bono Publico wohl zu bedeuten hatte.

»Ich wette, der da wäre ganz schon sauer«, sagte Johnny.

Er zögerte einen Moment, dann lief er die geborstenen Stufen zu der metallenen Tür hoch und klopfte an. Er hatte *keine* Ahnung, warum er das tat.

»Hey, hör auf damit!« zischte Wobbler. »Stell dir doch mal vor, er kommt rausgeschlurft. Außerdem« – er senkte seine Stimme ein wenig – »ist es nicht richtig, wenn man versucht, mit den Toten zu reden. Das kann zu satanischen Praktiken führen, haben sie im Fernsehen gesagt.«

»Ich wüßte nicht, warum«, sagte Johnny.

Er klopfte noch einmal.

Und die Tür ging auf.

Stadtrat Thomas Bowler blinzelte im Sonnenlicht und starrte dann Johnny an.

»Ja bitte?« sagte er.

Johnny drehte sich um und rannte um sein Leben.

Wobbler holte ihn auf der Hälfte des North Drive ein. Wobbler war normalerweise kein sportlicher Typ, und seine Geschwindigkeit hätte einige Leute, die ihn kannten, ganz schön erstaunt.

»Was ist passiert? Was ist denn passiert?« japste er.

»Hast du's denn nicht gesehen?« sagte Johnny.

»Ich hab gar nichts gesehen!«

»Die Tür ist aufgegangen!«

»Ist sie nicht!«

»Doch ist sie!«

Wobbler wurde langsamer.

»Nein, ist sie nicht«, murmelte er. »Keine von denen kann aufgehen. Ich hab sie mir angesehen. Sie haben alle Vorhängeschlösser dran.«

»Damit niemand reinkommt, oder damit keiner raus kann?« fragte Johnny.

Ein panischer Ausdruck huschte über Wobblers Gesicht. Da er ein ziemlich breites Gesicht hatte, brauchte das eine ganze Weile. Er wurde wieder schneller.

»Du willst mich nur verarschen!« schrie er. »Ich fange jedenfalls nicht an, mit dem Satan zu spielen! Ich geh nach Hause.«

Er bog in den East Way ab und rannte auf den Haupteingang zu. Johnny wurde langsamer.

Er dachte: Vorhängeschlösser.

Es stimmte tatsächlich. Er hatte es schon früher bemerkt. Alle Mausoleen waren mit Schlössern versehen, damit keine Vandalen reinkamen.

Aber trotzdem ... trotzdem ...

Wenn er die Augen schloß, konnte er Stadtrat Thomas Bowler *sehen*. Keinen schlurfenden Toten aus Wobblers Videos, sondern einen großen, fetten Mann in einer pelzbesetzten Robe mit einer Goldkette und einem Hut mit Ecken.

Er hörte auf zu rennen und ging dann langsam den Weg zurück, den er gekommen war.

An der Tür des Stadtrat-Grabs war ein Vorhängeschloß. Es sah verrostet aus.

Es lag nur an diesem Gespräch mit Wobbler dachte Johnny. Das hatte ihn auf dumme Gedanken gebracht.

Er klopfte trotzdem noch mal.

»Ja bitte?« sagte Stadtrat Thomas Bowler.

»Äh... hah... Entschuldigung...«

»Was willst du?«

»Sind Sie *tot?*

Der Stadtrat hob den Blick zu den Bronzelettern über der Tür.

»Siehst du, was da oben steht?« sagte er.

»Äh...«

»Neunzehnhundertundsechs, steht da. Es war ein sehr schönes Begräbnis, hab ich mir sagen lassen. Ich selbst war nicht dabei.« Der Stadtrat überlegte. »Oder besser, ich war schon dabei, aber von meinem Posten aus konnte ich nichts sehen. Ich glaube, der Pfarrer hat eine sehr bewegende Predigt gehalten. Was war es gleich, was du wolltest?«

»Äh...« Johnny sah sich hilflos um. »Was... äh... was bedeutet eigentlich Pro Bono Publico?«

»Zum Wohl des Volkes«, erklärte der Stadtrat.

»Oh. Na ja... danke.« Johnny wich zurück. »Ganz herzlichen Dank.«

»War das alles?«

»Äh... ja.«

Der Stadtrat nickte traurig. »Ich hab mir schon gedacht, daß es nichts Wichtiges ist«, sagte er. »Ich hatte seit neunzehnhundertdreiundzwanzig keinen Besuch mehr. Und die hatten sich im Namen geirrt. Waren nicht mal verwandt mit mir. Und *Amerikaner.* Ach, na ja. Dann auf Wiedersehen.«

Johnny zögerte. Ich könnte mich jetzt umdrehen, dachte er, und nach Hause gehen. Und wenn ich mich umdrehe, werde ich nie rausfinden, was als nächstes passiert. Ich werde weggehen und werde nie erfahren, warum es jetzt passiert ist und was als nächstes kommt. Ich werde weggehen und erwachsen werden und arbeiten gehen und heiraten und Kinder haben und Großvater werden und in Rente gehen und Kegeln und nach Sonnenblick kommen und den ganzen Tag fernsehen, bis ich sterbe, und ich werde es nie erfahren.

Und er dachte: vielleicht bin ich schon gestorben. Vielleicht ist das alles schon geschehen, und gerade als ich sterben sollte, ist ein Engel vorbeigekommen und hat gesagt, hast du noch einen Wunsch? Und ich hab geantwortet, ja, ich würde gerne wissen, was passiert wäre, wenn ich nicht weggerannt wäre, und der Engel hat gesagt, o.k., du kannst noch mal zurückgehen. Und da bin ich, wieder hier. Ich darf jetzt nicht kneifen.

Die Welt wartete.

Johnny machte einen Schritt nach vorn.

»Sie sind doch tot, oder?« fragte er vorsichtig.

»O ja. Das gehört zu den Dingen, die man ganz sicher weiß.«

»Sie sehen gar nicht tot aus. Ich meine, ich dachte ... wissen Sie ... Särge und so ...«

»O, das alles gibt es schon,« sagte der Stadtrat freundlich, »und das hier gibt es eben auch.«

»Sie sind ein Gespenst?« Johnny war erleichtert. Mit einem Gespenst konnte er irgendwie zurechtkommen.

»Ich hoffe doch, daß ich etwas mehr Stolz habe«, erwiderte der Stadtrat.

»Mein Freund Wobbler wird total platt sein, wenn er Sie sieht«, sagte Johnny. Dann hatte er eine Idee: »Sie können nicht zufällig tanzen, oder?« fragte er.

»Ich konnte mal ganz gut Walzer tanzen« meinte der Stadtrat.

»Ich meine... in etwa... so«, sagte Johnny. Er ahmte, so gut er konnte, Michael Jacksons Tanzstil nach. »So in der Art, mit den Füßen«, sagte er entschuldigend.

»Das sieht großartig aus«, meinte Stadtrat Tom Bowler.

»Ja, und Sie müssen einen glitzernden Handschuh in der Hand tragen –«

»Das ist also wichtig?«

»O ja, und Sie müssen ›*Auu!*‹ sagen.«

»Ich möchte annehmen, daß das jeder tun würde, der sich so bewegt«, sagte der Stadtrat.

»Nein, ich meine mehr so ›*Auuuuiiieah!*‹, mit...«

Johnny hielt inne. Er bemerkte, daß er irgendwie vom Thema abgekommen war.

»Aber...«, wandte er ein und blieb am Ende einer Furche im Kies stehen. »Ich verstehe nicht, wie Sie tot sein können und trotzdem hier rumlaufen und reden ...«

»Das ist wahrscheinlich alles wegen der Relativität«, sagte der Stadtrat und stakste den Kiesweg entlang. »Ungefähr so, meinst du? *Aua!*«

»Fast«, sagte Johnny. »Äh ... Wie meinen Sie das mit der Relativität?«

»Einstein kann das alles ziemlich gut erklären«, sagte der Stadtrat.

»Was? *Albert* Einstein?«

»Wer?«

»Das war ein berühmter Wissenschaftler. Er ... er hat die Lichtgeschwindigkeit und so erfunden.«

»Tatsächlich? Nein, ich habe Solomon Einstein gemeint. Der war ein berühmter Tierpräparator aus der Cable Street. Hat tote Tiere ausgestopft, du weißt schon. Ich glaube, er hat eine Maschine erfunden, mit der man Glasaugen machen konnte. Ist neunzehnhundertzweiunddreißig von einem Automobil überfahren worden. Aber ein kluger Kopf, allemal!«

»Das wußte ich gar nicht«, sagte Johnny.

Er sah sich um. Es wurde langsam dunkel.

»Ich glaube, ich sollte jetzt lieber nach Hause gehen«, erklärte er und wich ein Stück zurück.

»Ich glaube, daran könnte ich mich gewöhnen«, sagte der Stadtrat und tanzte zur Tür zurück.

»Ich werde ... äh ... ich besuche Sie wieder. Vielleicht«, sagte Johnny.

»Komm, wann immer du willst«, meinte der Stadtrat, als Johnny sich davonmachte, so schnell es die Höflichkeit zuließ. »Ich bin immer zu Hause.«

»Immer zu Hause«, murmelte er dann noch einmal. »Darin wird man richtig gut, wenn man tot ist. Hmmm. Auuuiiieah, das war's doch, oder?«

Kapitel Zwei

Nach dem Essen kam Johnny auf den Friedhof zu sprechen.

»Es ist eine Schande, was die Stadt da macht«, erklärte sein Opa.

»Aber den Friedhof instandzuhalten kostet eine Menge«, sagte Johnnys Mutter. »Die meisten Gräber werden von niemandem mehr gepflegt, nur die alte Mrs. Tachyon geht noch hin, und die ist verrückt.«

»Es hat nichts damit zu tun, daß die Gräber nicht mehr gepflegt werden, Mädchen. Auf jeden Fall ist es ein Stück Geschichte.«

»Stadtrat Thomas Bowler«, sagte Johnny.

»Von dem habe ich nie gehört«, meinte sein Opa. »Ich meinte William Stickers. Man hätte ihm fast ein Denkmal gebaut. Beinahe hätte es wirklich eins gegeben. Jeder hier hat ein bißchen Geld gespendet, und dann ist einer damit abgehauen. Dabei hatte ich sogar Sixpence gegeben.«

»War er denn berühmt?«

»*Fast* berühmt. *Fast.* Hast du mal von Karl Marx gehört?«

»Er hat den Kommunismus erfunden, oder?« sagte Johnny.«

»Das stimmt. Nun, William Stickers nicht. Aber er wäre Karl Marx geworden, wenn Karl Marx nicht schneller gewesen wäre. Ich sag dir was ... morgen zeig ich's dir.«

Und dann war morgen.

Der Himmel war dunkelgrau, und es nieselte.

Opa und Johnny standen vor einem großen Grabstein, auf dem stand:

William Stickers
1897–1949
Proletarier aller Länder
verein

»Ein großartiger Mann«, sagte Opa. Er hatte seinen Hut abgenommen.

»Was ist das für ein Verein?« wollte Johnny wissen.

»Es sollte ›vereinigt euch‹ heißen«, sagte Opa. »Das Geld ist ihnen ausgegangen und hat nicht mehr für das ›igt euch‹ gereicht. Es war ein Skandal. Er war ein Held der Arbeiterklasse. Er hätte im spanischen Bürgerkrieg gekämpft, aber irgendwie ist er auf dem falschen Boot gelandet und nur bis Hull gekommen.«

Johnny sah sich um. »Hmm«, sagte er. »Was für ein Mensch war er denn?«

»Ein wahrer proletarischer Held, wie ich schon sagte.«

»Ich meine, wie hat er ausgesehen?« fragte Johnny. »War er groß mit einem langen, schwarzen Bart und einem Zwicker mit Goldrand?«

»Genau. Du hast Fotos gesehen, nicht wahr?«

»Nein«, sagte Johnny. »Nicht direkt.«

Opa setzte seinen Hut wieder auf.

»Ich muß noch einkaufen«, meinte er. »Kommst du mit?«

»Nein, danke. Ich äh ... geh mal zu Wobbler rüber.«

»Alles klar.«

Opa ging in Richtung auf den Haupteingang davon.

Johnny holte tief Luft.

»Hallo«, sagte er.

»Es *war* ein Skandal, daß es nicht mehr fürs ›igt euch‹ gereicht hat«, sagte William Stickers.

Er lehnte an seinem Grabstein. Jetzt richtete er sich auf.

»Wie heißt du, Genosse?«

»John Maxwell«, sagte Johnny.

»Ich wußte, daß du mich sehen kannst«, sagte William Stickers. »Ich konnte sehen, wie du mich angestarrt hast, als der alte Mann redete.«

»Ich wußte, daß Sie Sie waren«, sagte Johnny. »Sie sehen ... äh ... dünner aus.«

Dünn war eigentlich nicht das richtige Wort. Es war mehr wie ... nicht ganz anwesend. Durchsichtig.

»Äh«, sagte Johnny. Und dann: »Das verstehe ich nicht. Sie sind doch tot, oder? Eine Art... Gespenst?«

»Gespenst?« sagte William Stickers wütend.

»Na ja... dann eben Geist.«

»So etwas gibt es nicht. Das ist ein Relikt aus einem veralteten Glaubenssystem.«

»Äh, nur... Sie reden mit mir...«

»Das ist ein vollkommen verständliches wissenschaftliches Phänomen«, erklärte William Stickers. »Laß niemals den Aberglauben deine vernünftigen Überlegungen beeinflussen, mein Junge. Es wird Zeit, daß die Menschheit alte kulturelle Überbleibsel beiseiteschiebt und in das helle Licht des Sozialismus tritt. Was für ein Jahr haben wir?«

»1993«, sagte Johnny.

»Ah! Und, haben die unterdrückten Massen sich erhoben und die kapitalistischen Tyrannen im Namen des glorreichen Kommunismus besiegt?«

»Äh... wie bitte?« Johnny zögerte, dann fiel ihm vage etwas ein. »Sie meinen wie... Rußland und so 'n Zeug? Als sie den Zaren erschossen haben? Darüber hab ich mal was im Fernsehen gesehen.«

»Oh, *das* weiß ich. Das war erst der *Anfang*. Aber was ist seit 1949 passiert? Ich nehme doch an, die Weltrevolution hat inzwischen stattgefunden, oder? Hier drinnen erzählt einem ja keiner was.«

»Na ja... es gab eine Menge Revolutionen, glaube ich«, sagte Johnny. »Überall...«

»Prächtig!«

»Äh.« Johnny fiel ein, daß eine Menge von den Leuten, die in letzter Zeit Revolutionen machten, behaupteten, sie hätten die kommunistischen Tyrannen besiegt, aber William Stickers sah so begeistert aus, daß Johnny nicht wußte, wie er ihm das beibringen sollte. »Ich sag Ihnen was ... können Sie eine Zeitung lesen, wenn ich Ihnen eine bringe?«

»Natürlich. Aber es ist schwer, die Seiten umzublättern.«

»Äh. Gibt es hier viele von Ihnen?«

»Hah! Die meisten von denen interessiert das nicht. Sie wollen sich nicht anstrengen.«

»Können Sie ... wie soll ich sagen ... rumlaufen? Sie könnten überall umsonst rein.«

William Stickers schaute ein wenig unsicher drein.

»Es ist schwer, weit zu gehen«, murmelte er. »Es ist eigentlich nicht erlaubt.«

»Ich hab mal in einem Buch gelesen, daß Geister sich nicht viel bewegen können«, sagte Johnny.

»Geist? Ich bin nur ... tot.« Er fuchtelte mit einem transparenten Finger in der Luft herum. »Hah! Aber so kriegen die mich nicht«, sagte er schnippisch. »Nur, weil rauskommt, daß ich immer noch ... hier bin, nachdem ich gestorben bin, heißt das noch lange nicht, daß ich diesen ganzen Unsinn *glaube*, weißt du. O nein. Ein ganz logischer, rationaler Gedanke, mein Junge. Und vergiß die Zeitung nicht.«

William Stickers verblaßte Stück für Stück. Als letztes verschwand sein Finger, der immer noch seinen völligen Unglauben an ein Leben nach dem Tod in die Luft zeichnete.

Johnny wartete noch ein Weilchen, aber sonst wollten offenbar keine Toten erscheinen.

Er hatte irgendwie das Gefühl, beobachtet zu werden, aber das hatte nichts mit Blicken zu tun. Es war nicht richtig gruselig, aber ungemütlich. Man wagte es nicht, sich am Hintern zu kratzen oder in der Nase zu bohren.

Zum ersten Mal nahm er den Friedhof *richtig* wahr. Er sah wirklich vernachlässigt aus.

Dahinter lag der Kanal, der nicht mehr benutzt wurde, außer zum Müllabladen; alte Kinderwagen, ausrangierte Fernseher und aufgesprungene Sofas zierten seine Ufer wie Monster aus dem Müllzeitalter. Dann gab es noch das Krematorium und die dazugehörigen Gartenanlagen, die ganz in Ordnung waren, wenn man diese von Kieswegen umsäumten Gärten mochte, in denen überall Schilder stehen, die das Betreten des Rasens verbieten. An der vorderen Seite verlief die Cemetery Road, in der früher einmal Wohnhäuser gestanden hatten; jetzt war dort die Rückwand des Bonanza-Teppichbodenmarkts (Jetzt noch BILLIGER!). Es gab immer noch eine alte Telefonzelle, und einen Briefkasten, was den Eindruck vermittelte, daß hier einmal Leute zu Hause gewesen waren. Aber jetzt war es nur noch eine Straße, die dazu diente, vom Industriegebiet zur Umgehungsstraße zu kommen.

An der vierten Seite war nichts außer einem Haufen alter Ziegel und einem langen Schornstein – dem einzigen Überrest der ehemaligen Gummistiefelfabrik von Blackbury (»Wenn Stiefel, dann Blackbury«, war einmal einer der berühmtesten und *blödesten* Werbesprüche der Welt gewesen).

Johnny erinnerte sich vage an etwas, das in der Zeitung gestanden hatte. Die Leute hatten wegen irgendwas protestiert – aber das taten sie ja ständig. Es wurde dauernd über so viele Dinge berichtet, daß man kaum rausfinden konnte, was nun richtig war und was nicht.

Er ging zu dem alten Fabrikgelände hinüber. Jetzt standen dort lauter Bulldozer, aber sie waren alle leer. Das Areal hatte einen Maschendrahtzaun, der an einigen Stellen aufgeschnitten worden war, obwohl überall Schilder vor Wachhunden warnten. Vielleicht waren ja die Wachhunde ausgebrochen.

Und dann gab es noch ein großes Schild, auf dem das Bürogebäude zu sehen war, das an dieser Stelle gebaut werden sollte. Es war wunderschön. An der Vorderseite gab es Springbrunnen und ein paar schöne, alte Bäume. Davor standen ordentlich gekleidete Leute und redeten miteinander. Der Himmel darüber war strahlend blau, was für Blackbury ziemlich ungewöhnlich war; die meiste Zeit hatte der Himmel hier so eine häßliche, schmierige Farbe, als würde man in einer Tupperdose wohnen.

Johnny starrte das Schild eine Weile an, während der Regen auf die wirkliche Welt fiel, so daß der blaue Himmel auf dem Schild glänzte.

Es war ziemlich eindeutig, daß das Gebäude mehr Platz einnehmen würde als die alte Stiefelfabrik.

Die Worte über dem Bild besagten, »Ein aufregendes Projekt der Vereinigte Holding GmbH: Vorwärts in die Zukunft!«

Johnny fand das nicht besonders aufregend; im Gegenteil, er hatte das Gefühl, daß »Vorwärts in die Zukunft« sogar noch dämlicher klang als »Wenn Stiefel, dann Blackbury«.

Bevor er am nächsten Tag zur Schule ging, klaute er die Zeitung und versteckte sie hinter William Stickers Grab.

Er kam sich eher dumm vor, als daß er Angst gehabt hätte. Er wünschte, er könnte mit irgend jemandem einmal ausführlich darüber reden.

Es gab niemanden, mit dem er das hätte tun können. Aber es gab drei Leute, die wenigstens zuhören würden.

In der Schule gab es verschiedene Cliquen und Gangs, wie zum Beispiel die Sportler, die Schlauköpfe und die Spinner vom Computerclub.

Und dann gab es noch Johnny und Wobbler und Bigmac, der von sich behauptete, er sei der letzte der wirklich harten Skinheads. Aber in Wirklichkeit war er nur ein magerer Bursche mit kurzem Haar, Plattfüßen und Asthma, der schon Schwierigkeiten hatte, in Doc-Martens-Schuhen zu *laufen.* Und es gab Yo-less, der im Prinzip ein Schwarzer war.

Zumindest hörten sie ihm zu, während der Pause, auf dem kleinen Stückchen Mauer zwischen der Schulküche und der Bibliothek. Dort hingen sie normalerweise ab – oder zumindest herum.

»Gespenster«, sagte Yo-less, als er am Ende war.

»Ne-eeh«, meinte Johnny unsicher. »Sie wollen nicht so genannt werden. Das regt sie auf, warum auch immer. Sie sind einfach . . . tot. Ich schätze, das ist wie bei den Behinderten, die wollen ja auch nicht so genannt werden.«

»Das ist politisch nicht korrekt«, sagte Yo-less. »Darüber hab ich mal was gelesen.«

»Du meinst, die da wollen«, Wobbler hielt einen Moment inne, um nachzudenken, »*Ex-Senioren* genannt werden?«

»Atembehindert«, meinte Yo-less.

»Vertikal benachteiligt«, sagte Wobbler.

»Was? Du meinst, sie sind klein?« fragte Yo-less.

»Begraben«, sagte Wobbler.

»Wie wäre es mit Zombies?« schlug Bigmac vor.

»Nein, um ein Zombie zu sein, muß man einen Körper haben«, erklärte Yo-less. »Du bist nicht wirklich tot, du wirst nur mit diesem geheimen Voodoo-Gemisch aus

Fisch und Wurzeln gefüttert, und dann wirst du ein Zombie.«

»Wow. Was ist da für ein Zeug?«

»Weiß ich nicht. Woher soll ich das wissen? Eben irgendein Fisch und irgendwelche Wurzeln.«

»Ich wette, es ist ganz schön aufregend, im Voodoo-Land einen Fischmac zu essen«, sagte Wobbler.

»Du müßtest dich doch auskennen, was Voodoo betrifft«, sagte Bigmac.

»Wieso?« wollte Yo-less wissen.

»Du kommst doch aus der Karibik, oder nicht?«

»Kennst du dich mit Druiden aus?«

»Nein.«

»Da hast du's.«

»Deine Mutter kennt sich garantiert damit aus, da könnte ich wetten«, meinte Bigmac.

»Kann ich mir nicht vorstellen. Meine Mutter hockt länger in der Kirche rum als der Papst«, sagte Yo-less. »Wahrscheinlich sogar länger als *Gott.*«

»Ihr nehmt das nicht ernst«, beschwerte Johnny sich. »Ich habe sie *wirklich gesehen.*«

»Vielleicht hast du was mit den Augen«, meinte Yo-less. »Möglicherweise ist da ein –«

»Ich hab mal 'nen Film gesehen, in dem ein Mann Röntgenaugen hatte«, sagte Bigmac. »Er konnte damit durch alles durchsehen.«

»Auch durch Frauenkleider und so?« wollte Wobbler wissen.

»So was kam nicht vor«, sagte Bigmac.

Sie ließen sich über diese schreckliche Verschwendung von nützlichen Talenten aus.

»Nein, ich kann *nicht* durch Dinge durchsehen«, sagte Johnny schließlich. »Ich sehe nur Leute, die gar nicht da sind – ich meine, Leute, die andere nicht sehen können.«

»Mein Onkel hat auch Sachen gesehen, die andere nicht sehen konnten«, meinte Wobbler. »Vor allem samstag nachts.«

»Red keinen Quatsch. Ich versuche, ernst zu sein.«

»Ja, aber du hast auch mal erzählt, daß du ein Loch-Ness-Ungeheuer in deinem Goldfischteich hättest«, sagte Bigmac.

»Das stimmt schon, aber –«

»War wohl ein Plesiosaurus«, sagte Yo-less. »Einfach so 'n Saurier, der eigentlich schon seit sieben Millionen Jahren ausgestorben sein sollte. Nichts Besonderes.«

»Ja, aber –«

»Und dann war da noch die verschollene Stadt der Inkas«, sagte Wobbler.

»Die habe ich ja nun *wirklich* gefunden, oder?«

»Ja, schon, aber so verloren war sie gar nicht«, sagte Yo-less. »Hinterm Einkaufszentrum ist nicht gerade verschollen.«

Bigmac seufzte.

»O ihr spinnt alle«, stellte er fest.

»Na gut«, sagte Johnny. »Kommt alle nach der Schule mit, okay?«

»Hmmm –« Wobbler trat unbehaglich von einem Bein aufs andere.

»Du hast wohl *Schiß?*« fragte Johnny. »Du bist auch schon weggelaufen, als der Stadtrat rausgekommen ist.«

»Ich habe nie 'nen Stadtrat gesehen«, protestierte Wobbler. »Und außerdem hatte ich keinen Schiß. Ich bin weggerannt, um dir Angst einzujagen.«

»Das hatte *ich* aber ganz anders verstanden«, sagte Johnny.

»Ich? Schiß? Ich hab dreimal *Die Nacht der Killerzombies* gesehen – mit *Standbild* an den richtigen Stellen«, entgegnete Wobbler.

»Na schön. Dann kommt. Ihr alle drei. Nach der Schule.«

»Nach *Cobbers*«, sagte Bigmac.

»Mann, das ist viel wichtiger als –«

»Ja schon, aber heute abend wird Janine Mick sagen, daß Doraleen Rons Surfboard genommen hat –«

Johnny überlegte.

»Na schön«, erklärte er dann. »Nach *Cobbers*.

»Und außerdem hab ich meinem Bruder versprochen, mit ihm den Lieferwagen zu beladen«, sagte Bigmac. »Na ja, nicht wirklich versprochen . . . er hat gesagt, er dreht mir den Hals rum, wenn ich's nicht tue.«

»Und ich muß noch Erdkunde-Hausaufgaben machen«, sagte Yo-less.

»Wir haben keine«, sagte Johnny.

»Nein, aber ich dachte, wenn ich einen Extra-Aufsatz über Regenwälder schreibe, könnte ich meine Note ein bißchen aufbessern«, sagte Yo-less.

Das war nichts Außergewöhnliches, wenn man Yo-less kannte. Yo-less trug auch die Schuluniform. Nur, daß es keine richtige Schuluniform war. Na ja, theoretisch war es schon eine. Am Anfang jeden Schuljahres bekam man so einen Zettel, auf dem stand, wie die Schuluniform auszusehen hatte, aber niemand trug so was, außer Yo-less. Also, wenn kaum jemand eine trug, hatte Wobbler gemeint, wie konnte es dann eine Uniform sein? Andererseits zogen fast alle zur Zeit Jeans und T-Shirts an, also waren Jeans und T-Shirt in Wirklichkeit die Schuluniform, und Yo-less müßte eigentlich nachsitzen, weil er die falsche trug.

»Also gut, sagte Johnny. »Dann treffen wir uns eben später. Um sechs. Wir können uns bei Bigmac treffen. Das ist sowieso gleich neben dem Friedhof.«

»Aber da wird es schon dunkel«, wandte Wobbler ein.

»Und?« sagte Johnny. »Du hast doch keine Angst, oder?«

»Ich? Angst? Hah! *Ich? Angst?*«

Wenn man schon bei Anbruch der Dunkelheit an einem schaurigen Ort sein wollte, so fand Johnny, dann lag die Joshua-N'Clement-Siedlung auf der Gruselskala weit über jedem Friedhof. Zumindest beklauten einen die Toten nicht.

Zuerst hatte man den Wohnblock nach Sir Alex Douglas-Home, dann nach Harold Wilson benennen wollen. Schließlich einigten sich die Stadtväter auf Joshua Che N'Clement, den berühmten Freiheitskämpfer, der dann Präsident seines Landes geworden und der jetzt ein Ex-Freiheitskämpfer und Ex-Präsident irgendwo in der Schweiz war, während ein paar seiner Landsleute versuchten, ihn zu finden, um ihm Fragen zu stellen wie: Was ist mit den zweihundert Millionen Dollar geschehen, die wir angeblich hatten, und wie kommt es, daß deine Frau siebenhundert Hüte besaß?

Der Komplex war 1965 als »überwältigende, dynamische Beziehung zwischen Raum und Baustoffen« beschrieben worden, »majestätisch in seiner bestechenden Einfachheit«.

Oft brachte der *Blackbury Guardian* Bilder von Leuten, die sich über die feuchten Wände oder die Kälte beklagten oder darüber, daß die Fenster bei stärkerem Wind einfach aus den Rahmen fielen (an den Häusern des Blocks war es immer windig), oder darüber, daß Gangs in den düsteren Durchgängen lauerten und Einkaufswagen von den Dächern in den Friedhof der Vergessenen Einkaufswagen schubsten. Die Fahrstühle hatten seit 1966 nicht mehr richtig funktioniert. Sie schlummerten im untersten Stockwerk, zu verängstigt, sich von der Stelle zu rühren.

In den Verbindungsgängen und Fluren (»die faszinierend rohe Brutalität des Sichtbeton«) gab es zwei verschiedene Gerüche, je nachdem, ob der Ninja-Hausmeister mit seinem Wagen dagewesen war oder nicht. Im letzteren Fall roch es nach Desinfektionsmittel.

Niemand mochte den Joshua-N'Clement-Block. Es gab zwei verschiedene Meinungen darüber, was damit geschehen sollte. Die Leute, die dort wohnten, waren der Ansicht, man sollte alle evakuieren und dann den Block in die Luft sprengen. Die Leute, die nur *in der Nähe* wohnten, waren für Sprengen ohne vorherige Räumung.

Das Merkwürdige an der Siedlung war, daß die vierzehn Stockwerke hohen Häuser zwar ganz eng aneinandergedrängt standen, aber von einer riesigen Fläche umgeben waren, die theoretisch aus Rasen bestehen sollte (»weitläufige Grünfläche«), aber inzwischen ganze Kolonien von Chipstüten und ausgebrannten Autos beherbergte.

»Eklige Gegend«, sagte Wobbler.

»Irgendwo müssen die Leute ja wohnen«, meinte Yoless.

»Meinst du, der Typ, der das entworfen hat, wohnt hier?« sagte Johnny.

»Kann ich mir nicht vorstellen.«

»Bigmacs Bruder sollte man lieber nicht zu nahe kommen«, sagte Wobbler. »Der spinnt. Hat Tätowierungen und so. Und jeder weiß, daß er klaut. Videos und so. Aus den Fabriken. Und er hat Bigmacs Hamster umgebracht, als er klein war. Und er wirft seinen Kram aus dem Fenster, wenn er wütend ist. Und wenn Clint rausgelassen wird –«

Clint war der Hund von Bigmacs großem Bruder und angeblich aus dem Rottweiler/Pit-Bull-Mischlings-Züchterverein rausgeworfen worden, weil er zu bösartig war.

»Der arme Bigmac«, meinte Johnny. »Kein Wunder, daß er so scharf auf diesen Militärkram ist.«

»Ich glaube, er will in die Armee, damit er übers Wochenende seine Pistole mit heimnehmen kann« sagte Yo-less.

Wobbler warf einen nervösen Blick auf die gewaltige Häusermasse der Siedlung. »Hah! Am liebsten würde er den Panzer mit nach Hause nehmen.«

Der Transporter von Bigmacs Bruder stand auf dem Platz, der ursprünglich zum Wäschetrocknen gedacht war. Die Türen und die vorderen Kotflügel hatten unterschiedliche Farben. Clint hockte auf dem Vordersitz, ans Lenkrad gekettet. Der Transporter war das einzige Fahrzeug, das in der Umgebung der Joshua-N'Clement-Häuser unverschlossen dastehen konnte.

»Wirklich seltsam«, sagte Johnny. »Wenn man es sich recht überlegt, meine ich.«

»Was meinst du?« fragte Yo-less.

»Na, da gibt's einen riesigen Friedhof für Tote, und die Lebendigen sind in dem Ding da zusammengepfercht«, sagte Johnny. »Ich meine, da scheint jemand irgendwas ziemlich falsch verstanden zu haben.«

Bigmac kam gerade aus dem Haus; er trug einen Stapel Kartons. Er nickte Johnny mutlos zu und schob die Kartons in den Laderaum des Wagens.

»Hallo Jungs«, sagte er.

»Wo ist dein Bruder?«

»Oben. Kommt, laßt uns gehen.«

»Bevor er runterkommt, meinst du«, sagte Wobbler.

»Hör bloß auf.«

Der Wind raschelte in den Pappeln und säuselte um die uralten Urnen und kaputten Grabsteine.

»Ich weiß nicht, ob das richtig ist«, sagte Wobbler, als die vier am Tor angekommen waren.

»Da sind überall Kreuze«, beruhigte ihn Yo-less.

»Ja, aber ich bin Atheist«, sagte Wobbler.

»Dann solltest du auch nicht an Gespenster glauben –«

»Verstorben weiterlebende Bürger«, korrigierte Bigmac ihn.

»Bigmac?« sagte Johnny.

»Ja?«

»Was hast du da hinter dem Rücken versteckt?«

»Nichts.«

Wobbler reckte den Hals.

»Ein angespitztes Stück Holz«, berichtete er. »Und einen Hammer.«

»*Bigmac!*«

»Nja, man kann nie wissen –«

»Laß das hier!«

»Oh, na *gut.*«

»Und überhaupt, bei Geistern wirken die Pflöcke nicht. Die sind für Vampire«, klärte ihn Yo-less auf.

»*Vielen Dank*«, sagte Wobbler.

»Das hier ist doch bloß ein Friedhof«, sagte Johnny. »Es gibt hier gesetzliche Bestimmungen und all so was! Wir sind doch nicht in Transsylvanien! Hier gibt es nur Tote! Deswegen braucht man sich doch nicht zu fürchten, oder? Tote sind einfach Leute, die mal gelebt haben! Du würdest dich bestimmt nicht so blöd aufführen, wenn hier Lebende begraben wären.«

Sie gingen den North Drive entlang.

Es war faszinierend, wie auf dem Friedhof alle Geräusche leiser wurden. Es gab nur ein paar überwucherte Eisengeländer und einige kahle Bäume zwischen dem Gebäude und der Straße, aber jeglicher Lärm wurde sofort gedämpft, als ob man ihn durch eine Wolldecke hindurch hörte. Statt dessen drang Stille auf sie ein – sie drängte von unten hoch, dachte Johnny, wie Wasser, das man atmen konnte. Sie rauschte. Auf dem Friedhof machte die Stille ein Geräusch.

Der Kies knirschte unter ihren Füßen. Die Flächen vor einigen der neueren Gräber hatte man mit grünen Steinen dekoriert. Jetzt blühten dort winzige Steingartenpflanzen.

In einem der Bäume krächzte eine Krähe; vielleicht

war es aber auch ein Rabe. Das störte die Stille nicht wirklich. Es betonte sie eher.

»Ziemlich ruhig hier, was?« meinte Yo-less.

»Totenstill«, sagte Bigmac. »Hah, hah.«

»Viele Leute kommen hierher, um spazierenzugehen«, sagte Johnny. »Ich meine, der Park ist ewig weit weg, und außerdem gibt es da nur Gras. Hier wachsen Büsche und Blumen und Bäume und, und –«

»Umwelt«, sagte Yo-less.

»Und wahrscheinlich auch ein paar Biotope«, sagte Johnny.

»Hey, schaut euch mal das Grab hier an«, rief Wobbler.

Sie guckten. Es hatte einen riesigen, hohen Bogengang aus schwarzem Marmor, um den sich massenhaft Engel wanden und eine Madonna. Unter dem Namen *Antonio Vicenti (1897–1958)* war ein verblichenes Foto hinter einem kleinen Fensterchen. Es sah aus wie ein Rolls-Royce unter den Gräbern.

»O Mann. Ziemlich beeindruckend«, sagte Bigmac.

»Wozu braucht man denn so einen riesigen Steinbogen?« wollte Wobbler wissen.

»Alles Angeberei«, meinte Yo-less. »Wahrscheinlich ist auf der Rückseite ein Aufkleber, auf dem steht ›Man gönnt sich ja sonst nichts‹.«

»*Yo-less!*« sagte Johnny.

»Ich fand das eigentlich sehr witzig«, meinte Mr. Vicenti. »Er ist ein sehr witziger Junge.«

Johnny drehte sich ganz langsam um.

Ein Mann in schwarzen Kleidern lehnte sich lässig an den Torbogen. Er hatte glatt nach hinten gekämmtes, schwarzes Haar, eine Nelke im Knopfloch und eine etwas gräuliche Gesichtsfarbe, als ob das Licht irgendwie falsch wäre.

»Oh«, sagte Johnny. »Hallo.«

»Und wohin genau bestand der Witz?« fragte Mr. Vicenti neugierig. Er stand ganz höflich da, die Hände vor der Brust verschränkt, wie ein altmodischer Verkäufer für Herrenmode.

»Ach, wissen Sie, es gibt so einen dummen Werbespruch –«

»Für Gräber?« wollte Dr. Vicenti wissen.

»Ach was, für Schnaps«, sagte Johnny. »Tut mir leid«, fügte er schnell hinzu. »Man sollte keine Witze über so was machen.«

»Früher, in der alten Heimat, habe ich Zauberkunststücke für Kinder vorgeführt«, sagte Mr. Vicenti. »Mit Tauben und solchen Sachen. An Samstagen. Auf Geburtstagsfeiern. Der große Vicenti und Ethel. Ich lache gerne.«

»In der alten Heimat?« fragte Johnny.

»Das Land der Lebenden.«

Die drei Jungs beobachteten Johnny gespannt.

»Du kannst uns nichts vormachen«, sagte Wobbler. »Da ist – da ist gar keiner.«

»Und Entfesslungskünstler war ich auch«, erzählte

Mr. Vicenti und holte gedankenverloren ein Ei aus Yo-less' Ohr.

»Du redest bloß mit der Luft«, sagte Yo-less.

»Entfessungskünstler?« fragte Johnny. Da haben wir es wieder, dachte er. Die Toten wollen immer nur über sich selbst reden ...

»Was?« sagte Bigmac.

»Ich hab mich aus Fesseln befreit.« Mr. Vicenti zerbrach das Ei. Der Geist einer Taube flog davon und löste sich in Luft auf, als er die Bäume erreichte. »Säcke und Ketten und Handschellen und so. Wie der große Houdini! Nur nicht ganz so professionell, selbstverständlich. Bei meinem besten Trick habe ich mich aus einem verschlossenen Sack unter Wasser befreit, mit sechs Metern Kette um mich herum und drei Paar Handschellen.«

»Du meine Güte, wie oft haben Sie das denn getan?« fragte Johnny.

»Einmal. Fast«, sagte Mr. Vicenti.

»Hör schon auf« rief Wobbler. »Es reicht. Darauf fällt doch keiner mehr rein. Komm schon. Das ist nur Zeitverschwendung.«

»Sei still, das interessiert mich«, sagte Johnny.

Er nahm ein Rascheln hinter sich wahr, als ginge jemand ganz langsam durchs Laub.

»Und du bist John Maxwell«, sagte Mr. Vicenti. Der Stadtrat hat uns von dir erzählt.«

»Uns?«

Das Rascheln wurde lauter.

Johnny drehte sich um.

»Das ist kein Witz«, sagte Yo-less. »Schaut euch sein Gesicht an!«

Ich darf keine Angst haben sagte sich Johnny angestrengt.

Ich darf keine Angst haben!

Warum sollte ich auch Angst haben? Das sind doch nur . . . verstorbene weiterlebende Bürger. Vor ein paar Jahren haben die noch ihre Rasen gemäht und Weihnachtsbäume geschmückt und Enkelkinder gehütet und so. Vor denen muß man keine Angst haben.

Die Sonne stand tief hinter den Pappeln. Über dem Boden schwebte ein wenig Nebel.

Und durch die Schwaden hindurch kamen ganz langsam die Toten auf ihn zu.

Kapitel Drei

Der Stadtrat war da und William Stickers und eine alte Frau, die ein langes Kleid und einen Hut voller Früchte trug; einige kleine Kinder rannten voraus, und dahinter kamen noch Dutzende, *Hunderte*. Sie schlurften nicht. Sie sahen nicht grünlich-bleich aus, einfach nur ein bißchen grau und verschwommen.

Wenn man Angst hat, nimmt man vieles wahr. Kleine Details gewinnen an Bedeutung.

Johnny stellte fest, daß es zwischen den Toten Unterschiede gab. Mr. Vicenti hatte fast... wie soll man sagen?... lebendig ausgesehen. William Stickers war etwas farbloser. Der Stadtrat war an den Rändern eindeutig durchsichtig. Aber bei den anderen, die viktorianische Kleider, seltsame Mäntel und Kniehosen aus früheren Zeiten trugen, waren viele dabei, die fast überhaupt keine Farbe mehr hatten und irgendwie substanzlos wirkten, so daß sie kaum mehr als Luft waren, die eine bestimmte Form angenommen hat. Luft, die gehen konnte.

Sie waren nicht verblaßt, nur weiter weg, in einer Dimension, die außerhalb der normalen drei lag.

Wobbler und die anderen beiden starrten ihn immer noch an.

»Johnny? Bist du okay?« sagte Wobbler.

Johnny erinnerte sich an einen Aufsatz in einem Erdkundebuch, in dem es um die Überbevölkerung ging. Für jeden, der heute lebte, so hieß es da, gab es in der Vergangenheit zwanzig Menschen, wenn man bis zu der Zeit zurückrechnete, als man gerade mal so von Menschen reden konnte.

Oder um es anders auszudrücken, hinter jedem Lebenden standen zwanzig Tote.

Hinter Wobbler war ein ganzer Haufen. Johnny wollte ihm das allerdings nicht unbedingt mitteilen.

»Es ist richtig kalt geworden«, meinte Bigmac.

»Wir müssen zurück«, sagte Wobbler mit etwas zittriger Stimme. »Ich muß meine Hausaufgaben machen.«

Das bewies nun wirklich, daß er Angst hatte. Es mußten schon Zombies kommen, damit Wobbler es vorzog, seine Hausaufgaben zu machen.

»Ihr seht sie nicht, oder?« sagte Johnny. »Sie sind überall um uns herum, aber ihr seht sie nicht.«

»Normalerweise können die Lebenden die Toten nicht sehen«, erklärte Mr. Vicenti. »Ich nehme an, das ist zu ihrem Besten.«

Die drei Jungs hatten sich enger aneinander gedrängt.

»Komm schon, hör auf mit dem Quatsch«, sagte Bigmac.

»Hah«, schnaubte Wobbler. »Er versucht nur, uns Angst einzujagen. Wie die Tote Hand auf Parties. Hah. Nun, es funktioniert nicht. Ich gehe nach Hause. Kommt mit, Leute.«

Er drehte sich um und ging ein paar Schritte.

»Wartet mal«, sagte Yo-less. »Es ist irgendwie seltsam –«

Er schaute sich auf dem leeren Friedhof um. Der Rabe – oder war es doch eine Saatkrähe gewesen? – war längst weggeflogen.

»Irgendwie seltsam«, murmelte er.

»Seht euch doch um«, sagte Johnny. »Sie sind da! Sie stehen überall um uns herum!«

»Ich werde meiner Mutter von dir erzählen«, sagte Wobbler. »Das ist wieder Satanswerk!«

»John Maxwell!« rief der Stadtrat dröhnend. »Wir müssen mit dir reden!«

»Das stimmt!« sagte auch William Stickers. »Es ist wichtig!«

»Worüber?« fragte Johnny. Er versuchte, über seine Angst hinwegzukommen, und er fühlte sich seltsam ruhig. Das Lustige war, wenn man sich ganz oben auf dem Höhepunkt seiner Angst befand, dann war man ein ziemliches Stück größer.

»Über das hier!« sagte William Stickers und wedelte mit der Zeitung.

Wobbler schnappte nach Luft. In der Luft schwebte eine aufgerollte Zeitung.

»Poltergeist-Aktivitäten!« sagte er. Er fuchtelte mit zitternden Fingern vor Johnnys Nase herum. »Das kommt bei Pubertierenden vor. Das habe ich in einer Zeitschrift gelesen! Untertassen fliegen durch die Luft und solches Zeugs. Gleich wird sein Kopf sich im Kreis drehen!«

»Wovon spricht der dicke Junge?« fragte der Stadtrat.

»Und was ist die Tote Hand?« wollte Mr. Vicenti wissen.

»Wahrscheinlich gibt es eine wissenschaftliche Erklärung dafür«, sagte Yo-less, als die Zeitung wieder durch die Luft flatterte.

»Welche?« sagte Bigmac.

»Ich überlege gerade!«

»Sie schlägt sich selbst auf!«

William Stickers hatte die Zeitung aufgeblättert.

»Wahrscheinlich ist es nur ein ungewöhnlicher Windstoß!« sagte Yo-less und wich zurück.

»Ich kann keinen Wind spüren!«

»Deshalb ist er ja so ungewöhnlich!«

»Was wirst du deswegen unternehmen?« fragte der Stadtrat.

»Entschuldige, aber diese Tote Hand, was ist das?«

»Könntet ihr alle mal STILL SEIN?« brüllte Johnny.

Sogar die Toten gehorchten.

»Okay«, sagte er und wurde etwas ruhiger. »Äh. Seht mal, äh, Jungs, diese . . . Leute . . . wollen mit uns reden. Mit mir jedenfalls –«

Yo-less, Wobbler und Bigmac starrten gebannt die Zeitung an. Sie schwebte reglos mehr als einen Meter über dem Boden.

»Die ... die ... Atembehinderten?« fragte Wobbler.

»Blödmann! Das hört sich nur nach Asthma an«, meinte Yo-less. »Also wirklich. Wenn du es denkst, dann sag es auch. Sprich es aus. Sind es die ...« Er sah sich um und zögerte. Es war schon ziemlich dunkel geworden. »Äh ... Ex-Senioren?«

»Schlurfen sie?« wollte Wobbler wissen. Jetzt waren er und die beiden anderen so nah beieinander, daß sie wie ein einziger dicker Körper mit sechs Beinen aussahen.

»Davon hast du nichts erzählt«, sagte der Stadtrat.

»Wovon?« sagte Johnny.

»In der Zeitung. Na ja, es soll wohl eine Zeitung sein, aber es sind Bilder von Frauen und solche Sachen drin! Dabei könnte es gut sein, daß auch anständige verheiratete Frauen und kleine Kinder dieses Blatt in die Finger bekommen!«

William Stickers hielt, mit offensichtlicher Mühe, den Unterhaltungsteil der Zeitung aufgeschlagen. Johnny reckte den Hals. Auf einer Seite war ein ziemlich schlechtes Foto von ein paar Mädchen im Freizeitcenter von Blackbury abgedruckt.

»Sie haben Badeanzüge an«, sagte er.

»Badeanzüge? Aber ich kann fast ihre ganzen Beine sehen!« schnaubte der Stadtrat.

»Da ist doch nichts dabei«, brauste die ältere Frau mit dem riesigen Obsthut auf. »Gesunde Menschen, die im herrlichen Sonnenlicht, das Gott ihnen schenkt, Freiübungen machen. Und die Kleidung ist dafür außerordentlich praktisch.«

»Praktisch, Madam? Ich wage nicht auszusprechen, wofür!«

Mr. Vicenti beugte sich zu Johnny vor. »Die Lady mit dem Hut ist Mrs. Sylvia Liberty«, flüsterte er. »Sie starb 1914. Eine unbeugsame Suffragette.«

»Suffragette?« fragte Johnny.

»Bringt man euch so etwas heute denn nicht mehr bei? Sie haben für das Frauenwahlrecht gekämpft. Sie haben sich an Zäune gekettet, Polizisten mit Eiern beworfen und sich beim Derby unter das Pferd des Prince of Wales geschmissen.«

»Wow.«

»Aber Mrs. Liberty hat das irgendwie nicht richtig verstanden und sich unter den Prinzen selbst geworfen.«

»Was?«

»Sie war sofort tot«, sagte Mr. Vicenti. Er schnalzte mißbilligend. »Er war ein schwergewichtiger Mann, glaube ich.«

»Wenn ihr zwei diese kleinbürgerlichen Streitereien beendet habt«, rief William Stickers, »können wir uns vielleicht wieder mit den *wichtigen* Dingen beschäftigen?« Er raschelte mit der Zeitung. Wobbler blinzelte.

»In dieser Zeitung steht«, empörte sich William

Stickers, »daß unser Friedhof geschlossen werden soll. Daß darauf *gebaut* werden wird. Weißt du etwas darüber?«

»Äh. Ja. Ja. Äh. Wußten Sie das nicht?«

»Wer hätte es uns denn sagen sollen?«

»Wovon reden sie?« sagte Bigmac.

»Sie sind verärgert, weil der Friedhof verkauft worden ist. In der Zeitung war ein Artikel darüber.«

»Mach schon!« sagte William Stickers. »Ich kann dieses Ding nicht mehr lange halten ...«

Die Zeitung sackte ein Stück nach unten. Dann fiel sie *durch* seine Hände hindurch auf den Boden.

»Ich bin nicht mehr so lebendig wie früher«, sagte er.

»Eindeutig eine ungewöhnliche Windströmung«, stellte Yo-less fest. »Ich habe schon gehört, daß es so was gibt. Das ist nichts übernat –«

»Das hier ist unser *Zuhause*«, dröhnte der Stadtrat. »Was soll aus *uns* werden, junger Mann?«

»Einen Moment mal«, sagte Johnny. »Warten Sie. Yo-less?«

»Ja?«

»Sie wollen wissen, was mit den Leuten auf dem Friedhof passiert, wenn darauf gebaut wird.«

»Die ... Toten wollen das wissen?«

»Ja«, sagten der Stadtrat und Johnny im selben Atemzug.

»Ich wette, Michael Jackson hat so was nicht gemacht«, sagte Bigmac. »Er –«

»Ich hab mal so einen Film gesehen«, schnatterte Wobbler, »wo man Häuser auf einen alten Friedhof gebaut hat und jemand hat ein Schwimmbad ausgehoben, und dann sind all die Skelette rausgekommen und haben versucht, die Leute zu erwürgen –«

»Warum?« fragte der Stadtrat.

»Er will wissen, warum«, sagte Johnny.

»Ich habe keine Ahnung«, meinte Wobbler.

»Ich glaube«, sagte Yo-less unsicher, »daß die ... Särge und all das ausgegraben und woanders hingebracht werden. Ich glaube, da gibt es spezielle Orte.«

»Da mach ich nicht mit!« erklärte die tote Sylvia Liberty. »Ich habe fünf Pfund, sieben Shilling und sechs Pence für meinen Platz gezahlt! Ich erinnere mich genau an den Vertrag. Letzte Ruhestätte, stand da. Es hieß nicht, nach achtzig Jahren werden Sie ausgegraben und an einen anderen Ort verlegt, damit die Lebenden ... was wollten sie bauen?«

»Zweckmäßige moderne Bürogebäude«, sagte William Stickers. »Was immer *das* heißen soll.«

»Ich glaube, das heißt, sie sollen einen bestimmten Zweck erfüllen«, meinte Johnny.

»Und was für eine Schande, für fünf Pence verkauft zu werden!« sagte die tote Mrs. Liberty.

»So sind die Lebenden«, sagte William Stickers. »Verschwenden keinen Gedanken an die unterdrückten Massen!

»Na ja, sehen Sie«, sagte Johnny kleinlaut, »die

Stadtverwaltung behauptet, es kostet zuviel, den Friedhof zu erhalten, und das Land ist einiges wert –«

»Und was hat es mit dieser Stadtverwaltung auf sich?« wollte der Stadtrat wissen. »Was sagt der Stadtrat von Blackbury dazu?«

»Weiß ich nicht«, sagte Johnny. »Hören Sie, es ist doch nicht *mein* Fehler. Ich mag diesen Ort auch. Ich hab gerade erst neulich zu Wobbler gesagt, daß es mir nicht gefällt, was hier passiert.«

»Und was wirst du deswegen unternehmen?« fragte der Stadtrat.

Johnny wich zurück, aber er stieß an Mr. Vicentis Rolls-Royce-Grab.

»Oh, nein«, sagte er. »Ich nicht. Das ist nicht meine Sache!«

»Warum nicht«, sagte die tote Mrs. Liberty. »Zumindest kannst *du* uns sehen und hören.«

»Sonst bemerkt uns ja keiner«, meinte Mr. Vicenti.

»Wir haben es den ganzen Tag lang versucht«, erklärte der Stadtrat.

»Zum Beispiel bei den Leuten, die mit ihren Hunden hier spazierengehen. Hah! Sie rennen einfach vorbei«, brummte William Stickers.

»Nicht mal die alte Mrs. Tachyon sieht uns«, sagte Mr. Vicenti.

»Und *sie* ist immerhin verrückt«, fügte der Stadtrat hinzu. »Die Arme.«

»Also bleibst nur noch du«, verkündete William

Stickers. »Du mußt also gehen und diesem Verwaltungsdingsbums klarmachen, daß wir nicht... von... hier... weggehen!«

»Die werden mich nicht anhören! Ich bin zwölf Jahre alt! Ich darf noch nicht mal wählen!«

»Das stimmt, aber wir können es«, sagte der Stadtrat.

»Tatsächlich?« fragte Mr. Vicenti.

Die Toten versammelten sich um ihn herum wie ein Team beim Football.

»Wir sind immer noch über einundzwanzig, oder nicht? Ich meine, rein theoretisch.«

»Ja, aber wir sind tot«, wandte Mr. Vicenti sachlich ein.

»Man kann jetzt schon mit achtzehn wählen«, sagte Johnny.

»Kein Wunder, daß die Leute keinen Respekt mehr haben«, meinte der Stadtrat. »Ich habe immer schon gesagt, es wird der Untergang sein, wenn man die Frauen wählen läßt –«

Mrs. Liberty starrte ihn wütend an.

»Nun, auf jeden Fall kann man nicht die Stimmen von Toten benützen«, sagte William Stickers. »Das ist Wahlfälschung. Ich habe mal für die Revolutionäre Brüderlich Solidarische Arbeiterpartei kandidiert. Ich kenne mich mit solchen Dingen aus.«

»Ich will ja auch nicht, daß jemand mit meiner Stimme wählt«, erklärte der Stadtrat. »Ich will sie selbst benutzen. Dagegen gibt es keine Gesetze.«

»Stimmt.«

»Ich habe dieser Stadt mehr als fünfzig Jahre lang treu gedient«, sagte der Stadtrat. »Ich sehe nicht ein, daß ich meine Stimme verlieren sollte, nur weil ich tot bin. Demokratie. Darum geht es.«

»*Volks*-Demokratie«, ergänzte William Stickers.

Die Toten verstummten.

»Na ja . . .« murmelte Johnny niedergeschlagen. »Ich werde mal sehen, was ich tun kann.«

»So ist's recht«, lobte der Stadtrat. »Und wir möchten außerdem jeden Tag eine Zeitung geliefert bekommen.«

»Nein, nein«, Mr. Vicenti schüttelte den Kopf. »Es ist so schwer, die Seiten umzublättern.«

»Aber wir müssen wissen, was los ist«, sagte Mrs. Liberty. »Man kann nie wissen, was den Lebenden einfällt, wenn man ihnen den Rücken kehrt.«

»Ich werde mir schon etwas einfallen lassen«, versprach Johnny. »Etwas Besseres als Zeitungen.«

»Schön«, sagte William Stickers. »Und dann gehst du zu diesen Verwaltungsleuten und sagst ihnen –«

»Sag ihnen, wir werden nicht einfach liegen bleiben und uns das gefallen lassen!« rief der Stadtrat.

»Ja, in Ordnung«, sgte Johnny.

Und die Toten verschwanden. Wieder sah es so aus, als kehrten sie in eine andere Welt zurück . . .

»Sind sie weg?« fragte Wobbler.

»Nicht, daß sie je dagewesen wären«, meinte Yo-less, ganz der junge Wissenschaftler.

»Sie waren hier, und sie sind weg«, sagte Johnny.

»Es war wirklich ein bißchen seltsam«, stellte Bigmac fest. »Sehr kalt.«

»Laßt uns verschwinden«, schlug Johnny vor. »Ich muß nachdenken. Ich soll verhindern, daß hier gebaut wird.«

»Wie denn?«

Johnny ging zügig auf den Ausgang zu. »Hah! Das haben sie mir überlassen!«

»Wir werden dir helfen«, versprach Yo-less spontan.

»Werden wir?« sagte Wobbler. »Ich meine, Johnny ist schon in Ordnung, aber ... ich meine ... es ist doch Okkultismus. Und deine Mutter *dreht durch*, wenn sie das mitkriegt.«

»Ja, aber wenn es stimmt, dann helfen wir christlichen Seelen«, erklärte Yo-less. »Das ist völlig in Ordnung. »Es *sind* doch christliche Seelen, oder?«

»Ich glaube, ein Teil des Friefhofs ist jüdisch«, meinte Johnny.

»Das macht nichts. Jüdisch ist praktisch dasselbe wie christlich«, sagte Bigmac.

»Nicht ganz«, wandte Yo-less vorsichtig ein. »Aber ähnlich.«

»Ja, aber ...« sagte Wobbler nervös. »Ich meine ... Tote und so ... ich meine ... er kann sie sehen, also ist es seine Sache ... also ...«

»Wir haben doch auch alle hinter Bigmac gestanden, als er vor den Jugendrichter mußte, oder?« sagte Yo-less.

»Du hast gesagt, sie würden ihn aufhängen«, sagte Wobbler. »Und ich hab einen ganzen Vormittag drangehängt, dieses Poster zu machen, auf dem ›Befreit den Mann aus Blackbury‹ stand.«

»Es war ein politisches Verbrechen«, erklärte Bigmac.

»Du hast das Auto des Kultusministers gestohlen, als er die Schule eröffnet hat«, sagte Yo-less.

»Ich habe es nicht gestohlen. Ich wollte es zurückgeben«, meinte Bigmac.

»Du bist damit gegen eine Mauer gefahren. Du hättest es nicht mal auf einer *Schaufel* zurückgeben können.«

»Ach, dann war es also mein Fehler, daß die Bremsen nicht funktioniert haben? Ich hätte schwer verletzt werden können! Aber das hat wieder mal keinen interessiert. Im Grunde war er selber schuld, sein Auto so rumstehen zu lassen, mit popeligem Schloß und kaputten Bremsen –«

»Ich wette, er hat die Bremsen nicht selbst repariert.«

»Dann ist die Gesellschaft dran schuld –«

»*Egal*«, sagte Yo-less. »Auf jeden Fall haben wir damals hinter dir gestanden, oder?«

»*Vor* ihm würde ich auch nicht gerne stehen«, wandte Wobbler ein.

»Und wir haben hinter Wobbler gestanden, als er Ärger mit dem Plattenladen kriegte, weil er sich darüber beklagt hat, daß er himmlische Botschaften hört, wenn er seine Cliff-Richard-Platten rückwärts spielt.«

»Du hast behauptet, du hättest sie auch gehört«, rief Wobbler empört. »Heh, du hast gesagt, du hörst sie auch!«

»Erst, nachdem du mir gesagt hast, was es war«, meinte Yo-less. »Bevor du mir erzählt hast, was ich höre, klang es lediglich wie jemand, der ajip-ajiep-mwerp-ajiep singt.«*

»So was sollten die auf Platten einfach nicht machen«, verteidigte sich Wobbler. »Unschuldige Kinder beeinflussen und so.«

»Worauf ich raus will«, sagte Yo-less, »ist, daß man Freunde hat, damit sie einem helfen, oder?« Er wandte sich an Johnny. »Also, ich persönlich glaube, daß du ziemlich gestört bist, psychosomatische Symptome zeigst, Stimmen hörst und unter Halluzinationen leidest«, sagte er, »und wahrscheinlich müßte man dich in einer dieser weißen Jacken mit den langen, modischen Ärmeln wickeln. Aber das macht nichts, weil wir Freunde sind.«

»Ich bin gerührt«, sagte Johnny.

»Schon möglich«, sagte Wobbler, »aber das stört uns auch nicht, oder Jungs?«

Johnnys Mutter war bei ihrem Nebenjob und deshalb nicht da. Opa guckte Videos.

* Wenn man Wobbler glauben wollte, hieß das in Wirklickeit: Heh, Kinder! Geht in die Schule und bildet euch! Gehorcht euren Eltern! Es ist cool, in die Kirche zu gehen!

»Opa?«

»Ja?«

»Wie berühmt war William Stickers?«

»Sehr berühmt. Ein sehr berühmter Mann«, sagte der alte Mann, ohne sich umzudrehen.

»Ich kann ihn im Lexikon nicht finden.«

»Ein ganz berühmter Mann war William Stickers. Haha! Schau, jetzt ist der Kerl vom Fahrrad gefallen! Mitten ins Gebüsch!«

Johnny nahm das Band mit L–MIN vom Regal und blätterte schweigend. Sein Opa hatte ein komplettes mehrbändiges Lexikon. Niemand wußte so genau, warum. Irgendwann in den fünfziger Jahren hatte er sich gesagt, »Bilde dich«, und hatte die schweren Schinken auf Raten gekauft. Er hatte sie nie aufgeschlagen. Er hatte nur ein Bücherregal dafür gebaut. Opa war abergläubisch, was Bücher betraf. Er dachte, wenn man genügend davon um sich hatte, dann würden sie Bildung abstrahlen wie Brennelemente Radioaktivität.

»Und wie ist es mit Mrs. Silvia Liberty?«

»Wer ist das denn?«

»Sie war eine Suffragette, glaube ich. Frauenwahlrecht und so.«

»Hab nie von ihr gehört.«

»Sie steht auch nicht hier drin, weder unter Liberty noch unter Suffragette.«

»Nie gehört. Uahh, schau dir das an, die Katze ist in den Teich gefallen –!

»Okay . . . und was ist mit Antonio Vicenti?«

»Was? Der alte Tony Vicenti? Was soll mit dem sein?«

»War der für irgendwas berühmt?«

Einen kleinen Moment wandte Opa den Blick vom Bildschirm und machte den Eindruck, als starrte er in die Vergangenheit.

»Er hatte einen Laden mit Scherzartikeln in der Alma Street, wo jetzt das neue Parkhaus steht. Dort konnte man Stinkbomben und Juckpulver und so was kaufen. Und er hat Zaubertricks auf Kindergeburtstagen vorgeführt, als deine Mutter noch klein war.«

»War er ein berühmter Mann?«

»Alle Kinder kannten ihn. Er war der einzige weit und breit, der auf Kindergeburtstagen aufgetreten ist, weißt du? Sie kannten alle seine Tricks. Sie haben immer laut gerufen: ›Es ist in deiner Tasche!‹ Alma Street. Und Paradise Street, die gab es auch. Und Balaclava Terrace. Da bin ich geboren. Nummer 12. Balaclava Terrace. Alles unter dem Parkhaus jetzt. O mein Gott . . . der wird gleich vom Dach fallen . . .«

»Dann war er also nicht richtig berühmt. Nicht *wirklich* berühmt.«

»Alle Kinder kannten ihn. Kriegsgefangener in Deutschland war er. Aber er ist entkommen. Und er hat geheiratet . . . Ethel Plover, so hieß sie. Hatten nie Kinder. Hat Zaubertricks gemacht und sich entfesselt. Immer hat er sich von irgendwelchen Fesseln befreit.«

»Er hatte eine Nelke im Knopfloch«, sagte Johnny.

»Richtig! Jeden Tag. Ich habe ihn nie ohne gesehen. Er war immer sehr schick. Ein Zauberer. Ich hab ihn seit Jahren nicht mehr gesehen!«

»Opa?«

»Jetzt ist hier alles anders. Ich erkenne fast nichts mehr, wenn ich in die Stadt gehe. Jemand hat mir erzählt, sie haben die alte Stiefelfabrik abgerissen.«

»Erinnerst du dich an das alte Transistorradio?«

»Was für ein Transistorradio?«

»Das, was du hast.«

»Was ist damit?«

»Du hast gesagt, es knistert zu doll und ist nicht laut genug?«

»Das stimmt.«

»Kann ich es haben?«

»Ich dachte, du hättest einen von diesen Ghetto-Blastern?«

»Es ist . . . für ein paar Freunde.« Johnny zögerte. Er war von Natur aus ein ehrlicher Mensch, nicht zuletzt, weil Lügen immer so furchtbar kompliziert war. »Sie sind ziemlich alt«, fügte er hinzu. »Und ein bißchen einsam.«

»Oh, na schön. Du mußt aber neue Batterien reintun, die alten sind ausgelaufen.«

»Ich hab noch ein paar Batterien.«

»Heutzutage bekommt man keine guten Radiogeräte

mehr. Als ich noch ein Junge war, gab es noch richtige Radiowellen. Das gibt's heute nicht mehr. Haha! Da liegt er – schau, mitten durchs Eis –!«

Johnny ging vor dem Frühstück zum Friedhof hinüber. Die Tore waren verschlossen, aber da die Mauer stellenweise eingestürzt war, machte das keinen großen Unterschied.

Er hatte das Radio in eine Plastiktüte gepackt und ein paar neue Batterien hineingetan, nachdem er den chemischen Brei herausgekratzt hatte, den die alten hinterlassen hatten.

Der Friedhof war vollkommen leer. Keine Menschenseele zu sehen, weder eine lebende noch eine tote. Aber die Stille war da, die große, *leere* Stille. Wenn Ohren irgendein Geräusch machen könnten, dann würden sie wie diese Stille klingen.

Johnny versuchte, sie zu füllen.

»Äh«, sagte er. »Ist jemand da?«

Ein Fuchs sprang hinter einem Grabstein hervor und huschte ins Gebüsch.

»Hallo? Ich bin's.«

Die Abwesenheit der Toten war beängstigender, als sie leibhaftig vor sich zu sehen, wenn man in diesem Fall von Leib sprechen konnte.

»Ich hab hier ein Radio mitgebracht. Es ist für euch wahrscheinlich einfacher zu benutzen als Zeitungen. Äh. Ihr müßt nur an den Knöpfen drehen. Äh. Ich verstecke es einfach hinter Mr. Vicentis Grabstein, okay? Dann könnt ihr rausfinden, was so passiert.«

Er hustete.

»Ich ... ich hab letzte Nacht ein bißchen nachgedacht, und ... und ich dachte, vielleicht, wenn die Leute wüßten, was für ... berühmte ... Menschen hier liegen, dann würden sie ihre Finger davon lassen. Ich weiß, es ist keine besonders gute Idee«, sagte er verzweifelt, »aber was Besseres ist mir noch nicht eingefallen. Ich werde eine Liste mit Namen machen. Wenn euch das nicht stört.«

Er hatte gehofft, daß Mr. Vicenti da wäre. Er mochte ihn. Vielleicht weil er noch nicht so lange tot war wie die anderen. Er wirkte freundlicher. Weniger steif. Johnny ging von einem Grabstein zum anderen und schrieb sich die Namen auf. Einige der älteren Steine waren reich verziert mit fetten Engelsköpfen. Aber auf einem waren zwei Fußballschuhe abgebildet. Johnny unterstrich den Namen in seinem Notizblock:

Stanley »Falschrum« Roundway
1892–1936
Der Schlußpfiff

Ein Grab unter den Bäumen hätte er fast übersehen. Der Grabstein lag flach im Gras, und es gab nicht eine einzige von diesen häßlichen Blumenvasen. Es stand nur ein Name darauf: Eric Grimm (1885–1927). Kein »Hier ruht in Frieden«, kein »Geliebt, beweint und unvergessen«, nicht einmal »gestorben«, obwohl das sicher stimmte. Johnny schrieb sich den Namen auf.

Mr. Grimm wartete, bis Johnny gegangen war, bevor er herauskam und ihm hinterherstarrte.

Kapitel vier

Es war etwas später am selben Morgen.

Im Bürgerhaus gab es eine neue Bibliothek. Sie war so neu, daß es gar keine Bibliothekare mehr darin gab, sondern Informationsvermittler. Und Computer. Wobbler hatte allerdings striktes Computerverbot. Es hatte da einen kleinen Vorfall gegeben, von dem das Terminal der Bibliothek, die Telefonverbindung zum Hauptcomputer, eine weitere Leitung zum Computer in der East-Slate-Luftwaffenbasis zehn Meilen weiter, und noch eine Telefonleitung zu einem viel größeren Computer unter einem Berg irgendwo in Amerika betroffen waren und der fast den dritten Weltkrieg hervorgerufen hätte.

Zumindest stellte Wobbler es so dar. Die Informationsvermittler behaupteten, er habe die Tastatur mit Schokolade verschmiert.

Aber er durfte die Mircofiche-Sichtgeräte benutzen. Es war ihnen kein guter Grund eingefallen, ihm das auch noch zu verbieten.

»Was suchen wir eigentlich?« fragte Bigmac.

»Fast jeder, der hier gestorben ist, wurde auf diesem

Friedhof begraben«, sagte Johnny. »Wenn wir also jemand Berühmten finden, der hier gewohnt hat, und wir ihn dann auf dem Friedhof entdecken, dann ist es ein berühmter Ort. In London gibt es einen Friedhof, auf dem Karl Marx liegt. Der Friedhof ist berühmt, weil seine Leiche dort liegt.«

»Karl Marx?« sagte Bigmac. »Wofür ist der denn berühmt?«

»Mann, bist du ungebildet«, sagte Wobbler. »Das ist doch der, der immer Harfe gespielt hat.«

»Nein, Karl war der, derr so komisch gerredett hat«, sagte Yo-less.

»Der mit der Zigarre natürlich«, meinte Wobbler.

»Der Witz ist uralt«, sagte Johnny ernsthaft. »Die Marx Brothers. Haha. Also, hier hab ich die Microfiches mit den alten Ausgaben des *Blackbury Guardian*. Sie reichen fast ein ganzes Jahrhundert zurück. Wir müssen nur auf den Titelseiten nachsehen, berühmte Leute stehen immer auf den Titelseiten.«

»Und auf den letzten Seiten«, sagte Bigmac.

»Warum da?«

»Sport. Berühmte Fußballer und so.«

»Ja klar. Daran hab ich nicht gedacht. Na gut. Dann mal los . . .«

»Ja, aber . . .«, murmelte Bigmac.

»Was?« sagte Johnny.

»Dieser Karl Marx«, wollte Bigmac wissen. »In was für Filmen hat er denn nun mitgespielt?«

Johnny seufzte. »Er war in keinem Film. Er war . . . er hat die russische Revolution angeführt.«

»Hat er nicht«, sagte Wobbler. »Er hat nur ein Buch geschrieben, das *Es wird langsam Zeit, daß eine Revolution stattfindet* oder so hieß, und die Russen haben einfach seine Anleitungen befolgt. Die wirklichen Führer waren lauter Leute mit Namen, die auf *ski* enden.«.

»Wie Stalin«, sagte Yo-less.

»Genau.«

»Stalin heißt Mann aus Stahl«, erklärte Yo-less. »Ich habe mal gelesen, daß er seinen richtigen Namen nicht mochte. Übersetzt heißt es Mann aus Stahl.«

»Wie war sein richtiger Name?«

»Seine geheime Identität, meinst du«, sagte Yo-less.

»Worüber redet ihr denn jetzt?« fragte Bigmac.

»Nein, warte. Ich weiß schon. Mann aus Stahl? Yo-less meint, er konnte mit einem einzigen Satz über den Kreml springen«, sagte Johnny.

»Warum auch nicht«, meinte Wobbler. »Ich fand es immer unfair, daß die Amerikaner Superman haben. Die haben alle Superhelden. Warum sollen wir hier nicht auch eine Art Superman haben?«

Sie dachten darüber nach. Wobbler sprach dann für alle: »Andererseits«, sagte er, »hätte er in der Gegend hier sogar als Clark Kent schon Schwierigkeiten gehabt.«

Sie versenkten sich wieder in die Arbeit.

»Wie, hast du gesagt, hieß der Stadtrat noch mal?« fragte Wobbler nach einer Weile.

»Stadtrat Thomas Bowler«, sagte Johnny. »Warum?«

»Weil ... also hier steht, er hat den Magistrat 1905 dazu gebracht, einen Gedenkbrunnen auf dem Platz zu errichten«, sagte Wobbler. »Und das erwies sich ziemlich bald als nützlich, heißt es hier.«

»Warum?«

»Na ja ... hier steht, am nächsten Tag ist das erste Auto, das je nach Blackbury kam, reingerauscht und hat Feuer gefangen, und sie haben das Wasser aus dem Brunnen genommen, um es zu löschen. Der Magistrat hat Stadtrat Bowler für sein zukunftsorientiertes Denken gelobt.«

Sie starrten den Bildschirm des Sichtgeräts an.

»Was ist das für ein Brunnen?« fragte Bigmac.

»Das ist dieses große Steinding, das draußen vor der Bausparkasse steht«, sagte Johnny. »Wo sie jetzt Erde reingefüllt haben, um darauf dieses geschmackvolle Gebilde aus welken Blumen und leeren Bierdosen zu arrangieren. Früher hat man Wasser in diese Dinger gefüllt, damit die Pferde draus drinken konnten.«

»Aber wenn schon die ersten Autos unterwegs waren«, wandte Bigmac ein, »dann war der Bau von Pferdetränken doch ein bißchen ...«

»Ja«, sagte Johnny. »Ich weiß. Kommt schon. Laßt uns weitersuchen.«

... *Uiiisch* ... wir haben diese Stadt errichtet ... *schschsch* ... am Telefon ist jetzt ... *uiischsch* ... das auf dem zweiten Platz war ... *schwupwup* ... hatten ein Treffen in Kiew ... *wssswsssch* ... Premierminister ... *schschss* ... heute ... *schsss* ... Scaramouche, Scaramouche ... *schsss* ...

Der Sendersuchknopf des kleinen Radios hinter Mr. Vicentis Grab drehte sich ganz langsam vor und zurück, als wäre er nur mit sehr großer Anstrengung zu bewegen. Manchmal blieb er bei einem Programm stehen; dann bewegte er sich wieder.

... *.sschschwwwss* ... und der nächste Anrufer ... *schwwss*... Babylon ...

Und um das Radio herum, in einem ziemlich großen Umkreis, war die Luft ganz kalt.

In der Bibliothek waren die Jungs immer noch beschäftigt. Sie waren so leise, daß die Informationsvermittler schon langsam anfingen, sich Sorgen zu machen. Einer von ihnen machte sich vorsorglich auf, um die Reinigungsflüssigkeit und den Wattestab zu holen, mit dem man die Schokolade von der Tastatur entfernen konnte.

»Sehen wir der Wahrheit ins Auge«, meinte Wobbler schließlich, »aus dieser Stadt kommen keine Berühmtheiten. Dafür ist sie berühmt.«

»Hier steht«, Yo-less wies auf seinen Bildschirm, »daß Addison Vincent Fletcher aus der Alma Terrace 1922 eine Art Telefon erfunden hat.«

»Oh, klasse«, sagte Wobbler. »Telefone gab es damals schon seit Jahren.«

»Hier steht, seins war besser.«

»O ja«, sagte Wobbler. Er tat so, als wähle er eine Nummer. »Hallo, ist da – wer hat eigentlich das Telefon wirklich erfunden?«

»Thomas Eddison«, sagte Yo-less.

»Sir Humphrey Telephone«, meinte Bigmac.

»Alexander Graham Bell«, sagte Johnny. »Sir Humphrey *Telephone?*«

»Hallo, Mr. Bell«, Wobbler sprach in eine imaginäre Muschel, »dieses Telefon, das Sie vor ein paar Jahren erfunden haben, wissen Sie? Na ja, also meins ist viel besser. Und ich will gerade los, um Amerika zu entdekken. Ja, ich weiß, daß Christoph Columbus es zuerst entdeckt hat, aber ich entdecke es *besser.*«

»Eigentlich gar keine schlechte Idee«, sagte Bigmac. »Wenn man schon was entdecken will, kann man schließlich auch so lange warten, bis es dort anständige Hotels und so gibt.«

»Wann hat Columbus eigentlich Amerika entdeckt?« fragte Wobbler.

»1492«, sagte Johnny. »Da gibt's einen Reim: Im Jahre vierzehn neun zwei, fand Columbus das Ei.«

Wobbler und Bigmac starrten ihn an.

»Er hätte schon 1491 ankommen können«, erklärte Yo-less, »aber er mußte noch ein wenig rumsegeln, weil keinem ein Reim auf eins eingefallen ist.«

»Es *hätte* auch Sir Humphrey Telephone sein können«, sagte Bigmac. »Man benennt doch viele Dinge nach ihrem Erfinder.«

»Ich glaube, es kommen schon deshalb keine Berühmtheiten von hier«, sagte Wobbler, »weil in dieser Gegend alle völlig bescheuert sind.«

»Ich habe einen«, sagte Bigmac und drehte an dem Knopf am Sichtgerät.

»Wer? Welcher?«

»Der Fußballer Stanley ›Falschrum‹ Roundway. Er hat für die Blackbury Wanderer gespielt. Hier ist sein Nachruf. Fast eine halbe Seite.«

»Irgendwas Gutes?«

»Da steht, er hat einen Torrekord aufgestellt.«

»Klingt gut«, sagte Wobbler.

»Eigentore.«

»Was?«

»Die meisten Eigentore in der Geschichte des Fußballs, steht hier. Er ist immer so aufgeregt gewesen, daß er die Orientierung verloren hat. Daher sein Spitzname. ›Falschrum‹.«

»Oh.«

»Aber bis auf dieses kleine Problem war er ein guter Fußballer. Haut einen zwar nicht gerade um, aber –«

»Hier schaut euch das an«, sagte Yo-less.

Sie scharten sich um seinen Bildschirm. Er hatte eine uralte Aufnahme von etwa dreißig Soldaten entdeckt, die alle in die Kamera strahlten.

»Und?« sagte Wobbler.

»Das ist von 1916«, sagte Yo-less. »Die ziehen alle in den Krieg.«

»Was für ein Krieg?« sagte Wobbler.

»Der erste, du Vollidiot. Der Erste Weltkrieg.«

»Ich habe mich schon immer gewundert, warum die numeriert wurden«, sagte Bigmac. »Als ob sie schon erwartet hätten, daß es noch ein paar mehr würden. Weißt du, so wie im Supermarkt, drei zum Preis von zweien.«

»Hier steht«, sagte Yo-less »es sei das Bataillon der Kameraden von Blackbury. Sie ziehen gerade in den Krieg. Sie haben sich alle am selben Tag freiwillig gemeldet...«

Johnny starrte das Bild an. Er konnte Stimmen und die Hintergrundgeräsuche aus der Bibliothek hören. Aber das Bild sah aus, als läge es am Boden eines langen, dunklen Schachts. Und er stürzte in diesen Abgrund.

Außerhalb des Bildes war alles unscharf und träge. Das Bild war der Mittelpunkt der Welt.

Johnny besah sich die lächelnden Gesichter, die schrecklichen Haarschnitte, die Henkelohren, die nach oben gerichteten Daumen.

Auch heute noch wurden fast alle, die für den *Blackbury Guardian* fotografiert wurden, mit nach oben gerichtetem Daumen abgelichtet, außer, wenn sie den Jackpot im Bingo gewonnen hatten. Dann ließ der Fotograf sie eine Bewegung ausführen, von der er glaubte, sie sei ein begeisterter Luftsprung. Der einzige Fotograf der Zeitung hatte auch den Spitznamen ›Jeremy der Daumen‹.

Die Leute auf dem Bild waren nicht viel älter als Bigmac. Na ja, einige schon. Da waren ein Sergeant mit einem Schnurrbart wie eine Wurzelbürste und ein Offizier in Reithose. Aber der Rest sah aus wie auf einem Schulfoto.

Johnny kehrte zurück von wo immer er gewesen war. Das Bild wurde wieder zu einem einfachen Rechteck auf einer Bildschirmseite. Er blinzelte.

Es war wie – wie in einem Flugzeug, das zur Landung ansetzt, wenn einem die Ohren plötzlich aufgehen. Nur, daß es mit seinem Gehirn passierte.

»Weiß jemand von euch, was die Somme ist?« fragte Yo-less.

»Nein.«

»Da sind sie auf jeden Fall hingegangen. Irgendwo in Frankreich.«

»Hat einer von ihnen einen Orden bekommen?« fragte Johnny und bemühte sich, wieder in die normale Welt hineinzufinden. »Das wäre genau das Richtige. Wenn einer auf dem Friedhof läge, der einen Haufen Orden bekommen hat.«

Yo-less drehte den Knopf am Sichtgerät.

»Ich schaue mal ein paar Ausgaben weiter nach«, sagte er. »Da muß irgendwas sein, wenn – heh . . . seht euch *das* an . . .«

Sie versuchten, alle auf einmal unter den Blendschutz des Sichtgeräts zu kriechen. Stille trat ein, als ihnen klar wurde, was sie gefunden hatten.

»Wow«, sagte Wobbler schließlich. »Ich meine – all diese Namen . . . alle in einer einzigen Schlacht gestorben.«

Ohne etwas zu sagen, ging Johnny zu dem anderen Sichtgerät zurück und drehte, bis er das fröhliche Bild wiedergefunden hatte.

»Sind sie alphabetisch aufgelistet?« fragte er.

»Ja«, sagte Yo-less.

»Dann lese ich mal die Namen vor, die unter dem Foto stehen. Äh . . . Armitage, K. . . Atkins, T . . .«

»Ja . . . nein . . .«, sagte Yo-less.

»Sergeant Atterbury, F. . .«

»Ja.«

»Heh, die kamen alle drei aus der Canal Street«, stellte Wobbler fest. »Da wohnt meine Oma!«

»Blazer . . . Constatine . . . Fraser . . . Frobisher . . .«

»Ja . . . Ja . . . Ja . . . Ja . . .«

Sie fuhren fort bis zum Ende der Bildunterschrift.

»Sie sind alle gestorben«, sagte Johnny. »Vier Wochen, nachdem das Foto gemacht worden ist. Alle.«

»Außer Atkins, T.«, sagte Yo-less. »Hier steht, es war möglich, daß sich Leute aus einer Stadt oder sogar nur einer Straße gemeinsam freiwillig meldeten, und dann wurden sie zusammen an . . . an denselben Ort geschickt.«

»Ich frage mich, ob sie alle dort angekommen sind«, sagte Johnny. »Am Ende«.

»Das ist furchtbar«, sagte Bigmac.

»Wahrscheinlich fand man damals die Idee gut. Irgendwie ... nett.«

»Ja, aber ... vier Wochen ...« sagte Bigmac. »Ich meine ...«

»Du sagst doch immer, daß du es kaum erwarten kannst, in die Armee zu kommen«, sagte Wobbler. »*Du* warst derjenige, dem es leid getan hat, als der Golfkrieg vorbei war. Und die Beine von deinem Bett stehen schon nicht mehr auf dem Boden wegen all der Exemplare vom *Waffenjournal*, die sich darunter häufen.«

»Na ja ... schon ... Krieg, ja«, sagte Bigmac. »Richtig Gefechte, mit Düsenjets und so. Nicht lauter Idioten, die grinsend losziehen und sich erschießen lassen.«

»Sie sind alle zusammen losgezogen, weil sie Freunde waren, und sie sind gestorben«, sagte Yo-less.

Sie starrten auf das kleine helle Rechteck.

»Alle außer Atkins, T«, sagte Johnny. »Ich frage mich, was wohl aus ihm geworden ist.«

»Das war 1916«, meinte Yo-less. »Wenn er das überlebt hat, ist er inzwischen trotzdem tot.«

»Ist er auf deiner Liste?« sagte Wobbler.

Johnny sah nach.

»Nein«, sagte er schließlich. »Da sind ein oder zwei mit demselben Nachnamen, aber der Vorname stimmt nicht. Alle aus dieser Gegend sind da oben begraben.«

»Vielleicht ist er aus dem Krieg zurückgekommen und dann woanders hingezogen«, vermutete Yo-less.

»Es wird hier auch ganz schön einsam für ihn gewesen sein«, sagte Bigmac.

Sie sahen ihn an.

»Sorry«, murmelte er.

»Ich hab die Schnauze voll von dem Kram«, sagte Wobbler und schob seinen Stuhl zurück. »Das bringt's einfach nicht. Es gibt hier niemand Besonderen. Das sind einfache Leute. Und außerdem ist es irgendwie unheimlich. Kommt, laß uns ins Einkaufszentrum gehen.«

»Ich habe rausgekriegt, was mit den Leichen passiert, wenn man alte Friedhöfe bebaut«, sagte Yo-less, als sie hinaus ins Tageslicht traten. »Meine Mutter wußte es. Sie werden an so einen speziellen Ort gebracht, den man Nekropolis nennt. Das ist lateinisch und heißt Stadt der Toten.«

»Igitt«, sagte Wobbler.

»Das klingt wie der Ort, an dem Superman lebt«, meinte Bigmac.

»Nekropolis!« sagte Wobbler und fuchtelte wild in der Luft herum. »Bei Tag eine wohlerzogene Leiche – bei Nacht . . . da da da DAAAH . . . ZombieMan!«

Johnny dachte an die lachenden jungen Gesichter, die nicht viel älter waren als Wobbler.

»Wobbler«, sagte er, »wenn du noch so einen Witz machst, dann –«

»Was?«

»... na ... laß es einfach. Okay? Das ist mein Ernst.«

ssshhh ... gemein, ja wissensiewasichmeine? ... *sipsipsip* ... hat der Regierung mitgeteilt, daß ... *sswwwsss* ... Tatsache, daß es den Walen *Vergnügen* bereitet, gejagt zu werden, Bob, und ... *uuuuhhhh* ...

Klick!

»Das ist also drahtlose Telegraphie? Hah! Soviel zur Gräfin Alice Radioni!«

»Ich war ein Ovomalteenie, als ich ein kleiner Junge war. Das war während des Krieges. Der gegen die Deutschen. Hab ich dir das jemals erzählt? Wir haben mit den Leuten am Telegrafen gesungen: ›Wir sind die Ov-‹ WAS? Wer war denn die Gräfin Alice Radioni?«

»Welcher Krieg gegen die Deutschen?«

»Was? Wie viele gab es denn?«

»Zwei bis jetzt.«

»Jetzt komm schon! Radioni? Es war *Marconi*, der das Radio erfunden hat!«

»Hah! Und weißt du, von wem er die Idee geklaut hat?«

»Wen kümmer es, wer dieses blöde Ding erfunden hat? Wir wollen schließlich erfahren, was die Lebenden vorhaben.«

»Sie planen, uns den Friedhof wegzunehmen, das haben sie vor!«

»Ja, aber ... hättest du gedacht, daß es das alles gibt? All diese Musik und ... die Sachen, über die sie reden! Wer ist Shakespeare's Sister und warum singt sie im Radio? Was ist ein Batman? Und sie sagten, der letzte Premierminister war eine Frau! Das ist unmöglich. Frauen dürfen nicht mal wählen!«

»Natürlich dürfen sie das.«

»Hurra!«

»Nun, zu MEINER Zeit durften sie das nicht.«

»Es gibt so viel, was wir nicht wissen.«

»Warum versuchen wir dann nicht, mehr darüber zu erfahren?«

Die Toten wurden still – oder besser, noch stiller als sonst.

»Wie?«

»Der Mann im Radio sagte, man kann den Sender anrufen und mit ihm über die Probleme reden, die die Leute auf der Straße beunruhigen. Und was ist mit den Leuten auf dem Friedhof?«

»Am Haupteingang steht eine Telefonzelle.«

»Ja, aber ... das ist ... außerhalb ...«

»Nicht weit außerhalb.«

»Ja, aber ...«

»Der kleine Junge stand vor uns und hat mit uns geredet. Und er hatte solche Angst. Und wir können keine zwei Meter weit gehen?«

Das sagte Mr. Vicenti. Er schaute durch die verbogenen Gitterstäbe zur Straße hinaus, mit dem Blick eines

Mannes, der die meiste Zeit seines Lebens damit zugebracht hat, sich von Fesseln zu befreien.

»Aber das hier ist unser ZUHAUSE! Wir gehören HIERHER!«

»Es sind doch nur ein paar Schritte...«

Es war kein besonderes Einkaufszentrum. Aber es war der einzige Ort, an dem man abhängen konnte.

Johnny hatte Filme von amerikanischen Einkaufsparadiesen gesehen. In Amerika waren die Menschen wohl anders, sie sahen alle so cool aus, alle Mädchen waren hübsch, und die Läden waren nicht mit kleinen Kamikaze-Omas überfüllt. Oder Müttern mit sieben Kindern. Oder Fußballfans vom Blackbury United Club, die zu zehnt in einer Reihe liefen und das berühmte Fußballied *Oléoléoléolé* sangen. An so einem Ort konnte man sich nicht richtig wohlfühlen. Man konnte bestenfalls abhängen.

Die vier Jungs hingen also in der Burger-Bar ab. Yoless las aufmerksam das Flugblatt durch, auf dem stand, daß keine Regenwälder sterben mußten, damit Hamburger gemacht werden konnten. Wobbler aß seine geliebten Megajumbo Pommes-frites mit fünfzehn Pakkungen Soße.

»Ob ich wohl hier einen Job bekommen könnte?«

»Vergiß es«, sagte Bigmac. »Der Manager würde dich nur kurz ansehen und sofort wissen, daß er mit dir keinen Gewinn machen könnte.«

»Willst du damit etwa andeuten, daß ich fett bin?« fragte Wobbler.

»Umfangmäßig benachteiligt«, sagte Yo-less, ohne aufzublicken.

»Potenziert«, sagte Bigmac.

Wobbler ließ diese Begriffe einen Augenblick auf sich wirken.

»Da bin ich lieber fett«, sagte er. »Kann ich deine Zwiebelringe haben?«

»Außerdem wollen massenweise Leute einen Job hier haben«, sagte Bigmac. »Du brauchst mindestens Abitur.«

»Was? Bloß, um Burger zu verkaufen?«

»Es gibt doch sonst keine Jobs hier in der Gegend«, sagte Bigmac. »Alle Fabriken werden geschlossen. Nichts zu tun. Niemand stellt mehr irgendwas her.«

»Ein paar Leute schon«, meinte Wobbler. »Was ist mit all dem Zeugs in den Läden?«

»Das kommt alles aus Taiwanaland oder von sonstwo. Ha! Wie sieht es eigentlich mit *unserer* Zukunft aus? Was meinst du? Johnny?«

»Was?«

»Du hast die ganze Zeit vor dich hingestarrt, weißt du das?«

»Ja; was ist denn passiert?« fragte Wobbler. »Sind ein paar Tote reingekommen, um sich was zum Essen zu holen?«

»Nein«, sagte Johnny.

»Woran denkst du dann?«

»Daumen«, sagte Johnny und starrte weiter die Wand an.

»Was?«

»Wie?« Johnny schien langsam aufzuwachen.

»Was für Daumen?«

»Oh . . . nichts.«

»Meine Mutter sagte gestern abend, daß einige Leute ziemlich sauer sind, weil der Friedhof verkauft wird«, erzählte Yo-less. »Jeder beklagt sich darüber. Und Pastor William sagt, jeder, der darauf baut, wird bis zur siebten Generation verflucht sein.«

»Ach, so was sagt der doch immer«, meinte Wobbler. »Außerdem kümmert sich die Vereinigte Holding GmbH wahrscheinlich einen Dreck um solche Dinge. Die haben vermutlich einen Vizepräsidenten, der nur fürs Verfluchtwerden zuständig ist.«

»Und der überläßt den Fluch wahrscheinlich seiner Sekretärin«, sagte Bigmac.

»Wir können sowieso nichts mehr tun«, sagte Yo-less. »Die Bulldozer stehen schon vor dem Zaun.«

»Weiß jemand von euch, was die Vereinigte Holding GmbH eigentlich *macht?«* sagte Wobbler.

»In der Zeitung stand, es sei eine multinationale Einrichtung für Informationsbeschaffung und Wertsteigerung«, sagte Yo-less. »In den Nachrichten haben sie gesagt, sie würden dreihundert neue Arbeitsplätze schaffen.«

»Für die Leute, die in der alten Gummistiefelfabrik gearbeitet haben?« sagte Bigmac.

Yo-less zuckte die Achseln. »So ist das Leben«, sagte er. »Johnny, bist du okay?«

»Was?«

»Geht's dir gut? Du starrst immer noch die Wand an.«

»Er ist traurig wegen der toten Soldaten«, sagte Wobbler.

Yo-less beugte sich über den Tisch. »Schau ... das ist doch alles Vergangenheit. Es ist *vorbei*. Es ist traurig, daß sie gestorben sind, aber ... nun ... sie wären jetzt doch sowieso tot, oder? Es ist ein Teil der Geschichte. Es hat nichts mit ... na, mit *heute* zu tun.«

Mrs. Ivy Witherslade stand in der Telefonzelle an der Friedhofsstraße und unterhielt sich mit ihrer Schwester, als jemand ungeduldig an die Glasscheibe klopfte. Das war allerdings seltsam, denn draußen stand gar niemand. Aber es wurde plötzlich sehr kalt und ungemütlich, als ob sie auf einem Grab stünde. Sie hörte auf, ihrer Schwester von ihren Beinen zu erzählen und was der Arzt darüber gesagt hatte, und ging schnell nach Hause.

Wenn Johnny dort gewesen wäre, hätte er gehört, was als nächstes geschah. Aber er war nicht da, und jeder andere hätte nur den Wind vernommen und vielleicht, aber auch nur vielleicht, kleine Gesprächsfetzen:

»Sie müßten es wissen, Mr. Fletcher. SIE haben es schließlich erfunden.«

»Eigentlich war es Alexander Graham Bell, Mrs. Liberty. Ich habe es nur verbessert.«

»Also... dann sehen Sie zu, daß es funktioniert. Lassen Sie mich mit dem Mann vom drahtlosen Telegraphen sprechen.«

»War es wirklich Alexander Graham Bell?«

»Ja, Mr. Bowler.«

»Ich dachte, es wäre Sir Humphrey Telephone gewesen.«

Das Telefon blieb auf der Gabel, aber irgendwo im Gerät rauschte und knackste es.

»Ich glaube, jetzt habe ich es geschafft, Mrs. Liber –«

»Lassen Sie MICH reden. Die Stimme des Volkes muß gehört werden!«

Im Inneren der Zelle bildeten sich Eisblumen.

»Auf gar keinen Fall. Sie sind ein Bolschewist!«

»Was hat Sir Humphrey Telephone denn sonst erfunden?«

»Mr. Fletcher! Seien Sie so gut und stellen Sie die elektrische Verbindung her!«

Wenn sie nicht in der Burger-Bar abhängen konnten und sie bei J & J-Software Ladenverbot hatten, weil Wobbler wieder was verbrochen hatte, dann gab es nur noch den Platz um den Brunnen mit den traurigen, sterbenden Bäumen oder den »Groovie-Sounds«-Plattenladen, der ziemlich genauso war, wie man sich einen Plattenladen mit dem Namen »Groovie Sounds« vorstellen würde.

Außerdem wollte Yo-less sowieso eine Kassette für seine Sammlung kaufen.

»Berühmte Englische Blaskapellen«, sagte Wobbler, der ihm über die Schulter sah.

»Ja, aber die ist gut«, sagte Yo-less. »Da ist der Spielmannszug der alten Gummistiefelfabrik mit dem *Blumentanz* drauf. Ein ganz berühmtes Stück.«

»Du bist gar nicht wirklich schwarz, was?« meinte Wobbler. »Ich werde dich den Rastas melden.«

»Du bist derjenige, der Reggae und Blues mag«, sagte Yo-less.

»Das ist was anderes.«

Johnny wühlte ziellos in den Kassetten herum.

Und erstarrte.

Diese Stimme kannte er. Sie knisterte vor Statik, aber sie klang wie die von Mrs. Sylvia Liberty, und sie kam aus dem Radio.

Das Radio stand auf dem Tresen. Es lief die Show von Mikro-Mike auf Radio Wonderful, eine wirklich beeindruckend spannende Sendung, die zwei Stunden lang Anrufe und Verkehrsberichte aus der ganzen Gegend brachte.

Aber diesmal war es anders. Es ging um die Pläne des Magistrats, den alten Fischmarkt abzureißen, was sowieso geschehen würde, ganz egal, was die Leute zu sagen hatten. Aber es war ein gutes Thema, um darüber zu jammern.

»Nun, ich meine *hallo? Hallo? Hier spricht Mrs. Sylvia Liberty über das elektrische Telefon! Hallo?* sollte nicht erlaubt sein, äh, meiner Meinung nach, äh, es ist vollkommen *hallo?* (klick... fiss... knister) *ich verlange, daß man mich SOFORT anhört! Der Fischmarkt ist VÖLLIG unwichtig!* äh... äh... und...«

In seinem kleinen Studio im oberen Stockwerk der Blackbury-and-Slate-Versicherungsgesellschaft starrte Mikro-Mike seinen Techniker an, der wiederum auf sein Schaltpult starrte. Es gab keine Möglichkeit, die eindringende Stimme auszuschalten. Sie kam über alle Telefonleitungen gleichzeitig.

»Äh, hallo«, sagte er. »Der Anrufer auf... äh... sämtlichen Leitungen...«

»Also, jemand ist *Jetzt hören Sie mir mal zu, junger Mann! Und versuchen Sie nicht, die Verbindung zu unterbrechen, um noch mehr von Ihren Klangwalzen abzuspielen!* hier in die Leitung eingebrochen, Mike, Ich *Ist Ihnen klar, daß unschuldige Bürger zur Räumung gezwungen werden* (klick...rausch... wirrr... fiss) *viele Jahre wertvoller Dienste für die Gemeinde* (uiiiouuuuh... knister) *lediglich, weil sie zur falschen Zeit geboren wurden* (fissl... uipuipuip... knister) *hören Sie auf den jungen Johnn* (schnapp... fiss...) *Völker hört die Signale* (uiiouuu... knack) *auf zum letzten... hören Sie sofort auf damit, William, Sie sind nur ein Bolschewist ...«* Aber niemand hörte den Rest des Satzes, weil der Techniker alle Stecker herausgezogen hatte und mit einem Hammer aufs Schaltpult einschlug.

Johnny und seine Freunde hatten sich um das Radio herum versammelt.

»Bei diesen Telefonsendungen rufen manchmal ziemliche Spinner an«, sagte Wobbler. »Habt ihr jemals Mad Jim's Late Night Explosion gehört?«

»Er ist nicht verrückt«, sagte Yo-less. »Er tut nur so. Und er macht nichts anderes, als alte Platten zu spielen und andauernd ›yeah!‹ und ›jausajausajausa‹ zu sagen. Das ist nicht verrückt. Das ist einfach bloß bescheuert.«

»Ja«, sagte Wobbler.

»Ja«, sagte Bigmac.

»Ja«, sagte Yo-less.

Alle sahen Johnny an. Und alle sahen aus, als ob sie sich Sorgen machten.

»Ahem«, sagte Wobbler.

»Hmm«, sagte Bigmac.

»Das waren *sie*, nicht wahr?« fragte Yo-less.

»Ja«, sagte Johnny. »Das waren sie.«

»Das klang nicht wie gewöhnliches Radio. Wie konnten sie das Telefon benutzen?«

»Ich weiß es nicht. Ich nehme an, einer von ihnen wußte noch aus der Zeit, als er gelebt hat, wie man damit umgeht. Und vielleicht ist Totsein ein bißchen wie ... Elektrizität oder so was.«

»Sie hätten fast deinen Namen genannt«, sagte Wobbler.

»Ja.«

»Wer war der, der gesungen hat?«

»Ich glaube, das war William Stickers. Er ist so was wie ein Kommunist.«

»Ich habe nicht gedacht, daß es heutzutage noch Kommunisten gibt« sagte Yo-less.

»Die sind auch alle tot. Und er ist einer davon.«

»Ich denke immer, jeden Moment kommt Rod Serlin hier reinspaziert, mit einem riesigen Buch in der Hand«, sagte Bigmac. »Weißt du, wie in *Twillight Zone.*«

»Woher wußten sie, was im Radio läuft?« sagte Yo-less.

»Ich habe Ihnen Opas Transistorradio geliehen.«

»Weißt du, was ich glaube?« sagte Yo-less. »Ich glaube, du hast da eine Lawine ins Rollen gebracht.«

»Das glaube ich auch.«

»Ach was!« sagte Wobbler. »Qutasch! Stimmen im Radio? Hör doch auf! Das ist doch alles Blödsinn. Das kann alles mögliche sein. Kids, die anrufen und rumblödeln. Ehrlich, Geister rufen doch nicht beim Radio an!«

»Ich hab mal 'nen Film gesehen, wo sie aus dem Telefon rauskamen«, sagte Bigmac, der Landesmeister im Taktgefühl.

»Halt bloß die Klappe! Ich glaub dir kein Wort!«

* * *

Es war sehr, sehr kalt in der Telefonzelle.

»Ich muß sagen, wenn man erst mal tot ist, kommt man mit Elektrizität sehr gut zurecht.«

»Was machen Sie da, Mr. Fletcher?«

»Sehr einfach, in der Tat. Mit wem sollen wir als nächstes reden?«

»Wir müssen im Rathaus anrufen!«

»Aber es ist Samstag, Mrs. Liberty. Es wird niemand da sein.«

»Dann versuchen Sie, den kleinen Johnny zu finden. Ich weiß nicht, was er damit meint, wenn er berühmte Leute finden will, die auf dem Friedhof begraben sind. Immerhin sind WIR hier.«

»Ich werde es weiter versuchen. Es ist eigentlich erstaunlich einfach.«

»Wo ist Mr. Stickers hin?«

»Er versucht, Radio Moskau zu hören, was immer das ist. An diesem drahtlosen Telegraphengerät.«

»Das ist wahrlich erfrischend, wißt Ihr? Ich bin noch nie außerhalb des Friedhofs gewesen.«

»Ja, es ist ein neuer Hauch von Leben.«

»Man kann sich von fast allem befreien«, sagte Mr. Vicenti.

Jemand hüstelte. Sie drehten sich um.

Mr. Grimm beobachtete sie durch den Zaun.

Die Toten nahmen sich zusammen. Sie wurden immer ernst, wenn sie Mr. Grimm gegenüberstanden.

»Unruhig traten sie von einem durchscheinenden Fuß auf den anderen.

»Ihr seid draußen«, sagte Mr. Grimm. »Ihr wißt, daß das nicht richtig ist.«

»Nur ein kleines Stück, Eric«, sagte der Stadtrat. »Das kann doch nicht schaden. Es ist gut für die –«

»Es ist FALSCH.«

Hört einfach nicht auf ihn«, meinte Mr. Vicenti.

»Ihr werdet fürchterlichen Ärger bekommen,« sagte Mr. Grimm.

»Das werden wir nicht«, erwiderte Mr. Vicenti.

»Ihr werdet fürchterlichen Ärger bekommen, aber das ist eure eigene Schuld. Ihr seid schlechte Menschen.«

Mr. Grimm drehte sich abrupt um und ging zurück zu seinem Grab.

»Wähl die Nummer«, sagte Mr. Vicenti. Die anderen schienen aufzuwachen.

»Wissen Sie«, meinte Mrs. Liberty, »vielleicht hat er nicht ganz unrecht –«

»Vergessen Sie Mr. Grimm«, sagte Mr. Vicenti. Er spreizte die Hände. Eine weiße Taube flog aus seinem Ärmel, landete auf der Telefonzelle und blinzelte verwirrt. »Wählen Sie die Nummer, Mrs. Liberty.«

»Telefonauskunft, guten Tag, welche Nummer wünschen Sie?«

»Er heißt Johnny Maxwell und wohnt in Blackbury.«

»Ich fürchte, diese Information reicht nicht aus –«

»Das ist alles, was wir –« (Jetzt habe ich verstanden,

wie es funktioniert, da ist die Verbindung –) Wie viele sind denn jetzt hier drinnen?) (Kann ich es mal versuchen?) (Das ist viel besser als diese spiritistischen Sitzungen) …

Die Frau in der Vermittlung rieb ihren Hörer. Aus irgendeinem seltsamen Grund war ihr Ohr ganz kalt geworden.

»Au!«

Sie riß das Kabel heraus.

Die Kollegin nebenan beugte sich zu ihr.

»Was ist los, Dawn?«

»Ich bin ganz – es war wie –«

Sie starrten die Schalttafel an. Überall leuchteten Lichter auf, und nach und nach wurden sie von Reif überzogen.

Die Sache ist die –

– im Lauf der Zeit hat es immer wieder Leute gegeben, die Dinge nicht erfinden konnten, weil der Rest der Welt noch nicht reif dafür war. Leonardo da Vinci hatte die Motoren oder Materialien nicht, um seinen Hubschrauber zu konstruieren. Sir George Caylay erfand den Verbrennungsmotor, bevor irgend jemand das Benzin erfunden hatte.*

Und Addison Vincent Fletcher hatte in seinem Leben viele Stunden mit Motoren und Relais und glühenden Ventilen und Drähten zugebracht, weil er von etwas

* Also betrieb er ihn mit Patronen aus Schießpulver. Ehrlich. Das mit der Verbrennung funktionierte nur allzugut.

träumte, wofür die Menschheit nicht nicht mal einen Namen hatte.

Jetzt stand er in der Telefonelle und lachte. Jetzt gab es den passenden Namen. Als Mr. Fletcher das erste Mal einen Computer sah, erkannte er ihn sofort wieder.

Kapitel fünf

Johnny ging nach Hause. Er wagte es nicht, zum Friedhof zurückzukehren.

Es war Samstag abend. Er hatte das mit dem Besuchstag ganz vergessen.

»Du mußt mitkommen«, sagte seine Mutter. »Du weißt, daß sie sich immer darüber freut.«

»Tut sie nicht«, sagte Johnny. »Sie vergißt, wer ich bin. Sie nennt mich Peter. So heißt mein Vater! Und es riecht da nach alten Frauen. Und überhaupt, warum kommt Opa nie mit? Schließlich ist sie seine Frau.«

»Er sagt, er möchte sie in Erinnerung behalten, wie sie war«, sagte seine Mutter. »Außerdem kommt heute *Markie und Mo's Samstagsspektakel*. Du weißt, daß er das nicht gerne verpaßt.«

»Oh . . . na gut.«

»Wir müssen ja nicht lange bleiben.«

Etwa zehn Minuten, nachdem Johnny gegangen war, klingelte das Telefon. Großvater machte dasselbe wie immer, das heißt, er schrie »Telefon!« und konzentrierte sich wieder auf den Bildschirm. Aber es klingelte weiter. Schließlich raffte er sich schimpfend auf, ließ die Fernbedienung neben das Kissen fallen, wo sie zwei Tage lang keiner finden würde, und schlurfte auf den Flur hinaus.

»Ja? Er ist nicht da. Weggegangen. Wer? Also ich ... tatsächlich? Das ist ja unglaublich! Was machen die Zaubertricks? Ich habe Sie lange nicht in der Stadt gesehen. Nein. Das stimmt. Ich komme selbst nicht viel vor die Tür. Und wie geht es Ihnen? Tot. Ich verstehe. Aber Sie sind mal raus, um zu telefonieren. Fantastisch, was die Wissenschaft heutzutage alles ermöglicht. Sie klingen sehr weit weg. Richtig. Sie sind ja auch sehr weit weg. Ich erinnere mich an den Trick, den Sie mit den Handschellen und den Ketten und – na ja, den Sie *fast* geschafft haben. Ja. Ja. Richtig. Ich richte es ihm aus. War nett, von Ihnen zu hören. Auf Wiederhören.«

Er ging zurück zum Fernseher und setzte sich wieder hin.

Nach ein paar Minuten bildeten sich leichte Sorgenfalten auf seiner Stirn. Er stand auf, ging wieder zum Telefon und starrte es eine Weile lang an.

Eigentlich war »Haus Sonnenblick« gar nicht so übel. Soweit Johnny es beurteilen konnte, war es recht sauber, und das Personal schien in Ordnung zu sein. An den Wänden hingen fröhliche Gemälde, und im Fernsehzimmer stand ein großes Aquarium mit Goldfischen.

Aber es war noch unheimlicher als der Friedhof. Alle schlichen nur leise herum oder saßen irgendwo und warteten, bis die nächste Mahlzeit kam, weil es sonst nichts zu tun gab. Es war, als hätte das Leben aufgehört und der Tod noch nicht angefangen, also konnte man nur dasitzen und abwarten.

Seine Großmutter verbrachte die meiste Zeit vor dem Fernseher im Aufenthaltsraum oder bei den Begonien in ihrem Zimmer. Zumindest der Körper seiner Großmutter tat das. Er war nie ganz sicher, wo ihr Geist gerade war, aber meist hielt er sich irgendwo tief in der Vergangenheit auf.

Die Unterhaltung zwischen seiner Mutter und seiner Großmutter bedrückte ihn noch mehr, denn sie sagten genau dasselbe wie vor einer Woche und in der Woche davor und in der Woche davor. Also tat er ebenfalls, was er immer tat. Er ging hinaus auf den Korridor.

Er schlich zu der Tür, die in den Garten führte, und starrte ins Leere. Von diesem Geisterkram erzählten sie einem in der Schule nichts. Manchmal war die Welt so seltsam, daß man nicht wußte, womit man anfangen sollte, und Sozialkunde und Geometrie halfen einem da auch nicht viel weiter.

Warum passierten solche Sachen nie anderen? Er legte es schließlich nicht darauf an. Er versuchte nur, sich rauszuhalten, im Hintergrund zu bleiben. Aber irgendwie war für ihn immer alles viel komplizierter als für die anderen.

Die Sache war ...

Mr. T. Atkins.

Es wäre ihm wahrscheinlich gar nicht aufgefallen, wenn er den Namen nicht noch im Hinterkopf gehabt hätte.

Es stand auf einem kleinen vergilbten Papierfetzen, der an einem Türrahmen klebte.

Johnny starrte ihn an.

Einen Augenblick lang sah er nur diesen Zettel.

Na ja, es konnte viele Atkins geben ...

Er würde es nie herausfinden, wenn er nicht klopfte, obwohl ... sollte er? ...

»Machst du mir bitte die Tür auf? Ich habe die Hände voll.«

Hinter ihm stand eine große Frau, eine Schwarze, die Arme voller Bettwäsche. Johnny nickte stumm und drehte den Türknauf. Der Raum war mehr oder weniger kahl. Es war ganz eindeutig niemand drin.

»Du kommst jedes Wochenende her und besuchst deine Oma, nicht wahr?« sagte die Schwester und legte die Wäsche auf dem Bett ab. »Das ist nett von dir, daß du sie immer besuchen kommst.«

»Hmm. Ja.«

»Was wolltest du hier?«

»Äh, ich dachte, ich könnte ... wissen Sie ... mal reinschauen und mit Mr. Atkins reden.« Ihm kam eine Idee. »Wir machen in der Schule so ein Projekt. Über die Kameraden von Blackbury.«

Ein Projekt! Wenn man so tat, als würde man an einem Projekt arbeiten, konnte man praktisch mit allem durchkommen.

»Wer waren denn die?«

»Oh... ein paar Soldaten. Mr. Atkins war einer von ihnen, glaube ich. Äh... wo...?«

»Nun, er ist gestern von uns gegangen. Fast siebenundneunzig Jahre alt war er. Kanntest du ihn?«

»Nein... nicht wirklich.«

»Er war schon seit Ewigkeiten hier. Ein netter alter Mann. Er sagte immer, wenn er mal sterben würde, dann wäre der Krieg zu Ende. Das war sein Witz. Er zeigte uns immer sein altes Soldbuch. ›Tommy Atkins‹, sagte er dann. ›Das bin ich, ich bin der letzte, und wenn ich fort bin, ist alles vorbei.‹ Darüber mußte er immer lachen.«

»Was meinte er damit?«

»Keine Ahnung. Ich habe immer nur gelächelt. Du weißt ja, wie das ist.«

Die Schwester strich die neuen Laken glatt und zog einen Karton unter dem Bett hervor.

»Das gehörte ihm«, sagte sie. Sie sah ihn forschend an. »Es stört wohl keinen, wenn du es dir ansiehst. Niemand hat ihn je besucht, außer einem Mann vom Veteranenverband, der regelmäßig wie ein Uhrwerk jedes Jahr zu Weihnachten aufgetaucht ist, Gott segne sie. Sie wollen seine Orden haben, weißt du. Aber es macht wohl nichts, wenn du mal einen Blick darauf wirfst. Wenn es für ein Projekt ist.«

Johnny spähte in die Schachtel, während die Schwester im Zimmer herumhantierte.

In der Schachtel lagen ein paar Kleinigkeiten – eine Pfeife, eine Tabakbüchse, ein riesiges altes Taschenmesser. Außerdem gab es noch ein Notizbuch, voll mit altmodischen Postkarten mit Blumen und Kohlfeldern und affektierten französischen Damen in Kleidern, die man früher wohl für sehr gewagt gehalten hatte. Vergilbte Zeitungsausschnitte steckten zwischen den Seiten. Und dann gab es noch eine kleine hölzerne, mit Toilettenpapier ausgelegte Schachtel, in der mehrere Orden lagen. Und ein Foto von den Kameraden von Blackbury, genau wie das in der alten Zeitung.

Johnny nahm es vorsichtig heraus und drehte es um. Es knisterte.

Jemand hatte vor langer, langer Zeit darauf geschrieben: *Alte Kameraden!!! Wir sind richtige Kerle, Kaiser Willi! Jetzt kannst Du einpacken!!!* Und darunter waren dreißig Unterschriften.

Neben neunundzwanzig davon hatte jemand mit einem Bleistift kleine Kreuze gemalt.

»Sie haben alle unterschrieben«, sagte er leise. »Er muß sich von der Zeitung einen Abzug geholt haben, und dann haben alle unterschrieben.«

»Was hast du gesagt, mein Kleiner?«

»Dieses Foto.«

»O ja. Er hat es mir oft gezeigt. Das war er, im Krieg, weißt du.«

Johnny drehte es noch einmal um und fand Atkins, T. Er sah ein bißchen wie Bigmac aus, mit Henkelohren und einem Topfschnitt. Er grinste. Alle taten das. Alle hatten dasselbe Grinsen aufgesetzt.

»Er hat oft darüber geredet«, sagte die Schwester.

»Ja.«

»Am Montag wird er eingeäschert. Eine von uns geht immer hin, weißt du. Das muß man einfach. Es gehört sich nun mal so.«

Samstag nacht hatte er einen Traum . . .

Er träumte von Rod Serling, der die Blackbury High Street entlanglief, aber sobald er versuchte, vor der Kamera Eindruck zu schinden, schauten ihm Bigmac, Yo-less und Wobbler über die Schulter und sagen so was wie, »Was steht denn in diesem Buch?« und »Blätter mal um, ich hab diesen Teil schon gelesen«.

Er träumte von Daumen . . .

Und wachte auf und starrte an die Decke. Er hatte die Fäden, die das Plastikmodel des Spaceshuttles in der Luft hielten, immer noch nicht ersetzt. Es hing in einer Art Dauersturzflug.

Er war ziemlich sicher, daß andere Kids nicht so lebten wie er. Es passierte immer wieder. Jedesmal, wenn er dachte, er hätte die Welt im Griff und verstünde, wie alles funktioniert, passierte was Neues, und alles, an das er bisher geglaubt hatte, entpuppte sich wieder mal als eine Art Scherz.

Sein Opa hatte was von einer seltsamen Nachricht gemurmelt, als Johnny nach Hause gekommen war. Soweit er verstehen konnte, hatte Wobbler oder sonst jemand angerufen und komisches Zeug erzählt. Opa hatte auch was von Zaubertricks erwähnt.

Johnny schaute auf den Radiowecker. Er zeigte 2:45 Uhr. Es war unmöglich, noch mal einzuschlafen. Er schaltete Radio Blackbury ein.

»-jausajausajausaaa! Und der nächste Anrufer bei Onkel Jims verrücktem Kummerkasten iisssst –«

Johnny erstarrte. Er hatte so ein Gefühl . . .

»*William Stickers, Jim.*«

»Hallo Bill. Du klingst ein bißchen deprimiert.«

»*Viel schlimmer, Jim. Ich bin tot.*«

»*Wow! Das kann einen sicher ziemlich fertigmachen, Bill. Möchtest du uns davon erzählen?*«

»*Du klingst sehr verständnsivoll, Genosse. Also . . .*«

Natürlich ist er verständnisvoll, dachte Johnny und zog sich den Morgenrock an. Eine ganze Menge Leute riefen mitten in der Nacht bei Jim an. Letzte Woche hat er zwanzig Minuten lang mit einer alten Dame gesprochen, die sich für eine Tapetenrolle hielt. Verglichen mit den anderen klang William Stickers vermutlich vollkommen normal.

Er schnappte sich seinen Walkman und schaltete das Radio ein, so daß er weiter zuhören konnte, während er die Treppen hinunter und in die Nacht hinaus rannte.

»– und jetzt hörte ich gerade, daß es gar keine Sowjetunion mehr gibt. Was ist passiert?«

»Mir scheint, du bist nicht ganz auf dem laufenden, Bill?«

»Ich dachte, das hätte ich schon erklärt.«

»Oh, natürlich. Du warst ja tot. Aber jetzt bist du wieder lebendig, stimmt's?« Jims Stimme bekam dieses Glucksen, das sie immer hatte, wenn er einen wahrhaft Bekloppten an der Strippe hatte und sich vorstellen konnte, wie all seine schlaflosen Zuhörer das Radio lauter drehten.

»Nein. Ich bin immer noch tot. Das ist nichts, wovon man sich wieder erholt, Jim. Also ...«

Johnny hastete um die Ecke und rannte die John Lennon Avenue entlang.

Jim sagte mit dieser Samtstimme, die er sich speziell für die Gespräche mit Bekloppten zugelegt hatte: »Dann erzähl uns hier im Land der Lebenden doch mal, wie ist es, tot zu sein, Bill?«

»Wie es ist? Es ist verdammt LANGWEILIG!«

»Ich bin sicher, jeder da draußen möchte gerne wissen, Bill – gibt es so was wie Engel?«

Johnny stöhnte, als er um die Ecke zur Eden Road bog.

»Engel? Ganz sicher nicht.«

Johnny huschte an den stillen Häusern vorbei und schlüpfte zwischen den Pollern hindurch zur Woodville Road.

»Ach du lieber Gott«, sagte Jim ins Mikrophon. »Ich hoffe, das bedeutet nicht, daß bei euch nur böse Buben mit Hörnern rumlaufen.«

»Was reden Sie da eigentlich für einen Quatsch? Hier gibt es nur mich und den alten Tom Bowler und Sylvia Liberty und all die anderen –«

Johnny verlor den Faden, weil ein Zweig, der aus einer Lorbeerhecke ragte, ihm den Kopfhörer herunterriß. Als er es endlich geschafft hatte, ihn wieder aufzusetzen, stellte er fest, daß Jim William Stickers gerade gebeten hatte, sich eine Platte zu wünschen.

»Ich glaube nicht, daß ich ›Die Rote Fahne‹ kenne, Bill. Von wem ist das?«

»Es ist die Internationale! Das Lied der Unterdrückten!«

»Sagt mir nichts, Bill. Aber für dich und all die anderen Toten da draußen, heute nacht«, der Wechsel in Jims Tonfall deutete an, daß William Stickers abgewürgt worden war, »und früher oder später werden wir alle tot sein, nicht wahr, singt Michael Jackson jetzt direkt aus der Gruft ... ›Thriller‹ –«

Die Straßenlaterne neben der Telefonzelle brannte. Und alle außer Johnny hätten nicht mehr als den Lichtkegel gesehen, aber die Toten waren fast alle auf der Straße, und sie hatten es geschafft, das Radio mitzuschleifen. Viele von ihnen beobachteten gerade den Stadtrat.

»Anscheinend geht es so«, sagte er und stakste rückwärts über die gefrorene Straße. »Johnny hat es mir gezeigt.«

»Ein sehr interessanter Synkopen-Rhythmus«, meinte Mrs. Liberty. »So, sagten Sie?«

Die geisterhaften Wachskirschen auf ihrem Hut hüpften auf und ab, als sie herumwirbelte.

»Genau. Man breitet die Arme aus, dreht sich und schreit ›*Auuu!*‹, erklärte der Stadtrat und führte die entsprechende Bewegung vor.

O nein, dachte Johnny und rannte auf sie zu. Am Ende wird mich Michael Jackson noch verklagen –

»Sich einen – wie sagte der Mann am Telegraphen noch?« fragte der Stadtrat.

»Abrocken, glaube ich.«

Sie waren nicht besonders gut, aber ihre Begeisterung machte achtzig Jahre Rückstand ohne weiteres wett.

Eine richtige Party.

Johnny baute sich vor ihnen auf.

»So was sollten Sie wirklich nicht machen!«

»Warum nicht?« fragte einer der tanzenden Toten.

»Es ist mitten in der Nacht!«

»Und? Wir schlafen sowieso nicht!«

»Ich meine, was würden Ihre... Ihre Nachfahren denken, wenn sie Sie so sehen könnten?«

»Das geschieht ihnen recht, wen sie uns die ganzen Jahre nicht besucht haben!«

»Wir legen uns auf den Teppich!« rief Mrs. Liberty.

»Das heißt ›eine heiße Sohle auf den Teppich legen‹«, korrigierte sie ein anderer Toter.

»Parkett«, sagte der Stadtrat und verlangsamte seine Bewegungen ein bißchen. »Aufs Parkett. Eine kesse Sohle aufs Parkett legen. So hat es jedenfalls Mr. Benbow genannt, der 1931 gestorben ist. Eine kesse Sohle.«

»So geht das nun schon den ganzen Abend«, sagte Mr. Vicenti. Er saß auf dem Bordstein. Oder besser gesagt, er saß einen halben Meter *über* dem Bordstein. »Wir haben ein paar wirklich interessante Sender gefunden. Was genau ist ein DJ?«

»Ein Diskjockey«, sagte Johnny resigniert und setzte sich ebenfalls. »Er legt Platten auf und so.«

»Ist das eine Art Strafarbeit?«

»Viele Leute machen das ganz gern.«

»Seltsam. Und sie sind nicht irgendwie geisteskrank oder so?«

Die Musik ging zu Ende. Die Tänzer hörten auf, sich zu drehen, aber ganz langsam und mit großem Widerwillen.

Mrs. Liberty schob ihren Hut zurück. Er war ihr über die Augen gerutscht.

»Das war wirklich nett!« sagte sie. »Mr. Fletcher! Seien Sie doch so gut und bitten Sie den Mann am Telegraphen, noch etwas in der Art zu spielen!«

Neugierig trottete Johnny zur Telefonzelle hinüber. Mr. Fletcher hatte sich tatsächlich hingekniet, und seine Hände steckten *im* Telefon. Ein paar andere Tote schauten ihm zu. Einer von ihnen war William Stickers, der nicht sehr glücklich aussah. Der andere war ein alter Mann mit massenhaft weißen Locken, der typischen Frisur eines verrückten Wissenschaftlers.

»Oh, du bist es«, sagte William Stickers. »Das nennst du also Leben, ja?«

»Ich?« meinte Johnny. »Ich nenne es gar nicht.«

»Hat der Mann im Radio sich über mich lustig gemacht? Was meinst du?«

»O nein«, sagte Johnny mit gekreuzten Fingern.

»Mr. Stickers ist verärgert, weil er mit Moskau telefoniert hat«, erklärte der weißhaarige Mann. »Sie sagten, sie hätten genug Revolution gehabt und sie bräuchten jetzt Seife.«

»Das sind alles nur dreckige Kapitalisten!« schnaubte William Stickers.

»Aber zumindest wollen sie saubere Kapitalisten werden«, sagte Mr. Fletcher. »Wo sollen wir es als nächstes versuchen?«

»Müßt ihr kein Geld einwerfen?« fragte Johnny.

Mr. Fletcher lachte.

»Ich glaube nicht, daß wir uns schon begegnet sind«, sagte der weißhaarige Mann freundlich und reichte ihm eine etwas durchscheinende Hand. »Solomon Einstein (1869–1932).«

»Wie Albert Einstein?« sagte Johnny.

»Ein entfernter Verwandter«, meinte Solomon Einstein. »Relativ entfernt. Haha.«

Johnny hatte den Eindruck, daß Mr. Einstein das schon millionenmal gesagt hatte und immer noch nicht genug davon hatte.

»Wen rufen Sie denn an?« fragte Johnny.

»Wir schauen uns nur die Welt an«, sagte Mr. Fletcher. »Wie heißen diese Dinger, die in der Luft rumfliegen?«

»Ich weiß nicht. Frisbees?«

»Mr. Vicenti kann sich noch vage dran erinnern. Sie fliegen um die Erde herum.«

»Oh. Sie meinen Satelliten?«

»Genau die!«

»Aber woher wissen Sie, wie man –«

»Das kann ich nicht erklären. Die Dinge sind irgendwie einfacher, habe ich den Eindruck. Ich kann alles ganz klar vor mir sehen.«

»Alles was?«

»Alle Kabel, all diese ... Satelliten ... wenn man keinen Körper hat, ist es auch viel leichter, all das zu benutzen.«

»Wie meinen Sie das?«

»Zum einen ist man nicht gezwungen, an einem Ort zu bleiben.«

»Aber ich dachte, Sie –«

Mr. Fletcher verschwand. Einige Sekunden später erschien er wieder.

»Verblüffend, nicht?« sagte er. »Wahrhaftig, wir werden unseren Spaß haben!«

»Ich verstehe nicht –«

»Johnny?«

Es war Mr. Vicenti.

Ein Lebender hatte es geschafft, zu Jims Sendung durchzukommen. Die Toten versuchten unter viel Gelächter, zu einem Country-Stück zu tanzen.

»Was geht hier vor?« sagte Johnny. »Sie haben doch gesagt, Sie könnten den Friedhof nicht verlassen!«

»Das hat euch niemand erklärt? Bringt man es euch nicht in den Schulen bei?«

»Nun, wir bekommen keinen Unterricht im Umgang mit Gesp – Entschuldigung. Mit Toten, meine ich.«

»Wir sind keine Gespenster, Johnny. Ein Gespenst ist etwas sehr Trauriges. Meine Güte. Es ist so schwer, den Lebenden etwas zu erklären. Ich habe auch mal gelebt, ich weiß wovon ich rede.«

Der tote Mr. Vicenti sah Johnnys verständnislose Miene.

»Wir sind... anders«, sagte er. »Aber jetzt, wo du uns siehst und hörst, machst du uns frei. Du gibst uns etwas, was wir nicht haben.«

»Was ist das?«

»Das kann ich nicht erklären. Aber solange du an uns denkst, sind wir frei.«

»Mein Kopf muß sich nicht im Kreis drehen, oder?«

»Das klingt nach einem guten Trick. Kannst du das wirklich?«

»Nein.«

»Dann versuch es lieber nicht.«

»Ich bin nur ein bißchen besorgt, ob das nicht vielleicht Okkultismus ist.«

Es war seltsam, so etwas zu Mr. Vicenti zu sagen, mit seinen Nadelstreifenhosen und dem schmalen, schwarzen Schlips und der Tag für Tag frischen, gespenstischen Nelke. Oder zu Mrs. Liberty. Oder dem großen, bärtigen Schatten von William Stickers, der Karl Marx gewesen wäre, wäre Karl Marx nicht ein bißchen schneller gewesen.

»Du meine Güte, ich hoffe nicht, daß es Okkultismus ist«, sagte Mr. Vicenti. »Pater Kearny (1891–1949) würde das gar nicht gefallen.«

»Wer ist Pater Kearny?«

»Er hat gerade noch mit Mrs. Liberty getanzt. O je. Wir bringen alles ein wenig durcheinander, was?«

»Schickt ihn weg.«

Johnny drehte sich um.

Einer der Toten war immer noch auf dem Friedhofsgelände. Er stand direkt am Zaun und klammerte sich an die Gitterstäbe wie ein Sträfling im Gefängnis. Er sah nicht viel anders aus als Mr. Vicenti, außer daß er eine Brille aufhatte. Es war erstaunlich, daß das Glas nicht schmolz. Er hatte den durchdringendsten Blick, den Johnny je gesehen hatte. Er schien Johnnys linkes Ohr wütend anzustarren.

»Wer ist das?« fragte Johnny.

»Mr. Grimm«, sagte Mr. Vicenti, ohne sich umzudrehen.

»Aha. Ich habe nichts über ihn in der Zeitung finden können.«

»Das überrascht mich nicht«, sagte Mr. Vicenti mit gedämpfter Stimme. »Damals hat man solche Dinge in der Zeitung nicht erwähnt.«

»Geh weg, Junge. Du mischt dich in Sachen ein, die du nicht verstehst«, sagte Mr. Grimm. »Du bringst deine unsterbliche Seele in Gefahr. Und ihre. Geh fort, du ungezogener Junge.«

Johnny starrte ihn an. Dann drehte er sich wieder zur Straße um, zu den Tänzern und den Wissenschaftlern an der Telefonzelle. Etwas weiter entfernt stand Stanley Roundway in Shorts, die ihm bis zu den Knien reichten, und zeigte ein paar älteren Toten, wie man Fußball spielte. Auf seinen Fußballschuhen standen ein L und ein R.

Mr. Vicenti starrte ins Leere.

»Äh –« sagte Johnny.

»Da kann ich dir nicht helfen«, sagte Mr. Vicenti. »Damit mußt du selbst klarkommen.«

Irgendwie mußte er dann nach Hause gegangen sein. Er konnte sich nicht erinnern, aber er wachte in seinem Bett auf.

Johnny fragte sich, was die Toten wohl an Sonntagen taten. An Sonntagen erreichte Blackbury ungeahnte Werte auf der Langeweileskala.

Die meisten Leute taten, was man an Sonntagen eben so tat. Sie zogen feine Kleider an, setzten sich ins Auto und feierten eine Art Familiengottesdienst im Megasuperspar-Gartencenter vor der Stadt. Dort gab es eine Unzahl von Topfpflanzen, die man mit nach Hause nahm, damit sie dort in der Heizungsluft eingingen und man in der folgenden Woche wieder neue kaufen konnte.

Das Einkaufszentrum war geschlossen. Man konnte nicht mal irgendwo abhängen.

»Wenn man in so einer Stadt tot ist«, sagte Wobbler, als sie am Kanal entlangtrotteten, »merkt man es wahrscheinlich kaum, weil es sich kaum vom Leben unterscheidet.«

»Hat jemand von euch gestern nacht Radio gehört?« fragte Johnny.

Keiner. Er war eine bißchen erleichtert.

»Wenn ich mal erwachsen bin«, sagte Wobbler, »werde ich sofort von hier abhauen. Wartet's bloß ab. Diese Stadt ist ein Ort, aus dem man kommt, nicht einer, in dem man bleibt.«

»Wohin willst du denn?« sagte Johnny.

»Da draußen liegt die ganze Welt!« sagte Wobbler. »Berge! Amerika! Australien! Millionen von Orten!«

»Du hast gestern erst erzählt, daß du wahrscheinlich einen Job bei deinem Onkel drüben im Industriegebiet kriegen wirst«, wandte Bigmac ein.

»Ja . . . schon . . . aber ich meine, die Welt wird trotzdem noch da sein, wenn ich mal Zeit habe abzuhauen, oder?« sagte Wobbler.

»*Ich* dachte, du würdest mal ein großer Computer-Crack werden«, sagte Yo-less.

»Das könnte ich. Tatsächlich. Wenn ich *wollte*.«

»Wenn ein Wunder geschieht und du in Mathe und Englisch durchkommst, meinst du«, sagte Bigmac.

»Ich bin eben mehr praktisch begabt«, meinte Wobbler.

»Du meinst, du mußt nur irgendwelche Tasten am Computer drücken, und dann passiert's?«

»Und? Oft passiert doch *tatsächlich* was.«

»Also, *ich* gehe zur Armee«, verkündete Bigmac. »In die Spezialeinheit.«

»Ha. Mit deinen Plattfüßen und dem Asthma wirst du denen eine große Hilfe sein«, sagte Wobbler. »Ich kann mir richtig vorstellen, wie sie dich einsetzen, um loszuhumpeln und Terroristen anzukeuchen.«

»Ich will auf jeden Fall mal Jura und Medizin studieren«, sagte Yo-less, um den Frieden zu wahren.

»Gute Idee. Dann können sie dich nicht verklagen, wenn du ein falsches Teil abschneidest«, sagte Bigmac.

Keiner wurde wirklich wütend. Das gehörte einfach zum Ritual.

»Was ist mit dir?« fragte Wobbler Johnny.

»Keine Ahnung«, antwortete Johnny.

»Warst du nicht letzte Woche bei der Berufsberatung?«

Johnny nickte. Dort wurden einem unglaubliche Zukunftschancen vorgestellt. Eine Karriere als Einzelhandelskaufmann oder als Großhandelskaufmann. Eine Zukunft bei der Armee, vermutlich nur nicht für Bigmac, der ein Maschinengewehr in die Hand nehmen durfte und es sich auf den Fuß fallen ließ. Aber Johnny hatte keine große Zukunftschance entdecken können, die wirklich Zukunft gehabt hätte.

»Was ich gerne werden würde«, meinte er, »ist etwas, wofür es noch keinen Namen gibt.«

»Ach ja?« sagte Wobbler. »Du meinst, in zwei Jahren wird jemand den Wurgelplatt erfinden, und wenn dann einer gesucht wird, der den Wurgelplatt bedienen kann, dann bist du der erste Anwärter, ja?«

Sie gingen über den Friedhof. Die anderen sagten zwar nichts, hielten sich allerdings etwas dichter beieinander. Aber es waren keine Toten da.

»Man kann nicht einfach rumhängen und auf die große Zukunftschance warten«, murmelte Johnny.

»Hey«, sagte Yo-less mit künstlicher Munterkeit, »meine Mutter läßt fragen, ob ihr heute abend nicht mit in die Kirche kommen wollt.«

»Vergiß es«, meinte Wobbler nach einer Weile. »Du sagst das jede Woche.«

»Sie meint, es wäre gut für euch. Vor allem für Simon.«

»Simon?« fragte Wobbler.

»Das bin ich«, sagte Bigmac.

»Sie sagt, man müßte sich um dich kümmern«, erklärte Yo-less.

»Ich wußte gar nicht, daß du Simon heißt«, meinte Wobbler.

Bigmac seufzte. Auf seinem T-Shirt stand »Blackbury Skins«, er hatte sich den Kopf geschoren, trug große, schwere Stiefel und breite Hosenträger, und auf seinen Fingerknöcheln war mit Kugelschreiber »Liebe« und »Has«* geschrieben, aber aus irgendeinem Grund meinte Yo-less' Mutter, daß er ein richtiges Zuhause bräuchte. Bigmac lebte in der ständigen Angst, daß Bazza und Skazz, die einzigen anderen Skins in Blackbury, das herausfinden und ihm seine Hosenträger, die ein Zeichen seiner Mitgliedschaft waren, wieder abnehmen könnten.

»Sie sagt, ihr werdet alle als Heiden aufwachsen«, sagte Yo-less.

»Also ich gehe morgen zu einer Beerdigung im Krematorium«, erklärte Johnny. »Das ist fast wie Kirche.«

»Jemand Wichtiges?« fragte Wobbler.

»Ich bin mir nicht sicher«, sagte Johnny.

Johnny war überrascht, daß so viele Leute zu Thomas Atkins' Beerdigung gekommen waren, aber dann stellte sich heraus, daß sie noch von der vorhergehenden Zeremonie übrig waren. Zu Thomas Atkins' Begräbnis wa-

* Das zweite »S« rieb sich immer am schnellsten wieder ab.

ren nur er selbst, ein steif aussehender alter Mann in einem Blazer mit dem Emblem des Veteranenverbands und die Krankenschwester vom Haus Sonnenblick gekommen – und der Pfarrer, der sich redlich bemühte, aber er war Thomas Atkins niemals begegnet, also hatte er seine Grabrede aus lauter passenden Floskeln zusammengesetzt. Dazu gab es Orgelmusik vom Band. Das war's.

Die Kapelle roch nach frischem Holz und Bohnerwachs.

Die drei anderen starrten Johnny verlegen an, als seien sie der Ansicht, er gehöre da nicht hin, wüßten aber nicht genau, warum.

Er hörte ein leises Geräusch von hinten, gerade, als die Musik begann.

Er drehte sich um und sah die Toten hinter sich. Der Stadtrat hatte den Hut abgenommen und saß aufrecht in der Kirchenbank. Selbst William Stickers hatte sich Mühe gegeben, respektabel auszusehen. Solomon Einsteins Haar stand ab wie ein Heiligenschein.

Die Schwester sprach mit dem Mann im Blazer. Johnny lehnte sich zurück, damit er mit Mr. Fletcher reden konnte.

»Warum sind Sie hier?« flüsterte er.

»Das ist erlaubt«, sagte Mr. Fletcher. »Früher sind wir zu allen Beerdigungen gegangen. Um ihnen zu helfen, sich einzugewöhnen. Sie willkommen zu heißen. Es ist immer ein ziemlicher Schock.«

»Oh.«

»Und . . . als wir sahen, daß du hier bist . . . dachten wir, wir versuchen mal, ob wir es schaffen. Mr. Vicenti sagte, es wäre einen Versuch wert. Wir werden immer besser!«

Die Schwester gab dem Mann vom Veteranenverband Tommy Atkins' Schachtel und ging hinaus, wobei sie Johnny zuwinkte, als sie an ihm vorbeikam. Dann führte der Pfarrer den Mann durch eine andere Tür hinaus und warf Johnny noch einen seltsamen Blick zu.

Draußen schien die Oktobersonne schwach, aber immerhin schien sie. Johnny ging hinaus und wartete.

Nach einer Weile kam der Mann heraus, diesmal mit zwei Schachteln.

»Äh«, sagte Johnny und stand auf. »Äh.«

»Ja, mein Junge? Die Frau aus dem Heim sagte, du arbeitest an einem Projekt für deine Schule.«

An einem Projekt arbeiten. Es war faszinierend. Wenn Saddam Hussein gesagt hätte, daß er in der Schule an einem Projekt über Kuwait arbeitete, wäre alles für ihn viel einfacher gewesen.

»Äh, ja. Kann ich Sie was fragen?«

»Natürlich, ja.« Der Mann setzte sich schwerfällig auf eine der Bänke. Er hatte beim Laufen einen Fuß nachgezogen und streckte das Bein nun steif nach vorne. Johnny war überrascht, als er entdeckte, daß er vermutlich so alt war wie sein Opa, aber er hatte das ausgetrocknete, sonnengegerbte Aussehen eines Mannes, der sich fit hielt und wahrscheinlich mit achtzig immer noch Vorsitzender des Kegelvereins war.

»Also... wenn Mr. Atkins gesagt hat...« fing Johnny an. »Ich meine, er hat immer gesagt, er wäre ›der einzige‹. Ich weiß über die Kameraden von Blackbury Bescheid. Ich weiß, daß alle außer ihm umgekommen sind. Aber ich glaube nicht, daß er das damit gemeint hat...«

»Du weißt von den Kameraden von Blackbury? Wie kommt das?«

»Ich habe es in einer alten Zeitung gelesen.«

»Oh. Aber du weißt nichts über Tommy Atkins?«

»Na ja, doch, er –«

»Nein, ich meine *Tommy Atkins*. Ich meinte, warum er so stolz auf diesen Namen war. Was der Name bedeutete?«

»Das verstehe ich nicht«, sagte Johnny.

»Was bringen sie euch heutzutage in der Schule eigentlich bei?«

Darauf gab Johnny keine Antwort. Er wußte, daß es nicht als Frage gemeint war.

»Sieh mal – im großen Krieg, dem Ersten Weltkrieg... wenn ein neuer Rekrut in die Armee kam, mußte er zuerst sein Soldbuch ausfüllen. Verstehst du? Name und Adresse und all das. Und um ihm dabei zu helfen, gab es bei der Armee eine Art Broschüre, in der stand, wie man es ausfüllen sollte. In dieser Broschüre stand bei Name: Thomas Atkins. Es war einfach irgendein Name. Nur, um einem zu zeigen, wo der Name stehen mußte. Wie: John Smith. Aber es . . . nun, es wurde so etwas wie ein Witz. Tommy Atkins war sozusagen der typische Durchschnittssoldat.«

»Sie meinen, so was wie der ›Mann auf der Straße‹?«

»Ja . . . ziemlich genau. Es wurde zum Spitznamen für Soldaten. Tommy Atkins – der britische Tommy.«

»Also waren . . . irgendwie . . . *alle* Soldaten Tommy Atkins?«

»Ja. Ich denke, so könnte man es ausdrücken. Natürlich ist das eine merkwürdige Art –«

»Aber er war ein wirklicher Mensch! Er hat Pfeife geraucht und all so was.«

»Nun, ich nehme an, die Armee hat den Namen genau deshalb benutzt, weil es ein ganz normaler Name war. Und es mußte schließlich irgendwo auch einen echten Tommy Atkins geben. Ich weiß, daß er sehr stolz auf seinen Namen war. Das weiß ich mit Bestimmtheit.«

»War er der letzte Soldat aus dem Ersten Weltkrieg, der noch gelebt hat?«

»O nein. Guter Gott, nein. Aber er war der letzte aus dieser Gegend, das ist sicher. Der letzte aus seiner Einheit.«

Johnny spürte eine Veränderung in der Luft.

»Er war ein seltsamer alter Knabe. Ich habe ihn jedes Jahr besucht –«

Da war ein Geräusch, das klang, als ob man eine

Handvoll Stille dehnte und dann wie eine Gitarrensaite zupfte.

Johnny sah sich um. Jetzt saßen drei Menschen auf der Bank.

Tommy Atkins hatte seine Mütze auf den Knien. Die Uniform paßte nicht richtig. Er war immer noch ein alter Mann, so daß sein schmächtiger Hals aus dem Kragen herausragte wie bei einer Schildkröte. Er hatte ein altmodisches Gesicht – ein Mann, der dazu geschaffen war, eine Mütze zu tragen und in der alten Stiefelfabrik zu arbeiten. Er sah, daß Johnny ihn anstarrte, und zwinkerte ihm zu und streckte den Daumen hoch. Dann wandte er sich wieder der Straße zu, die zum Parkplatz führte.

Hinter Johnny verließen die Toten das Gebäude; die älteren kamen durch die Wände, die jüngeren benutzten aus Gewohnheit immer noch die Tür. Sie schwiegen. Sie standen einfach da und schauten erwartungsvoll zur Hauptstraße hin.

Dort marschierten die Kameraden von Blackbury geradewegs durch die Autos hindurch.

Kapitel sechs

Die Kameraden bogen zur Nebenstraße ein, im perfekten Gleichschritt. Keiner von ihnen war alt. Sie sahen alle aus wie auf dem Foto.

Aber auch Tommy Atkins sah plötzlich nicht mehr alt aus. Es war ein junger Mann, und nun stand er auf, ging auf den Parkplatz hinaus, drehte sich um und grüßte Johnny und die Toten militärisch.

Dann, als der Zug vorbeimarschierte, trat er genau in die Lücke, die für ihn übrig war. Alle dreißig Männer schwenkten herum und marschierten davon.

Die Toten strömten hinter ihnen her. Es sah aus, als gingen sie langsam, aber trotzdem war der Parkplatz innerhalb von ein paar Sekunden vollkommen leer.

»Er geht zurück nach Frankreich«, sagte Johnny. Plötzlich war er regelrecht glücklich, obwohl er spürte, wie ihm die Tränen über die Wangen liefen.

Der Mann vom Veteranenverband, der bis jetzt geredet hatte, hielt inne.

»Was ist?« fragte er.

»Tommy Atkins. Er geht zurück.«

»Woher weißt du das?«

Johnny bemerkte, daß er laut gesprochen hatte.

»Äh –«

Der Mann vom Veteranenverband entspannte sich.

»Ich nehme an, die Dame aus dem Pflegeheim hat es dir erzählt, oder? Es war sein letzter Wille. Möchtest du ein Taschentuch?«

»Nein, nein. Schon gut«, sagte Johnny. »Ja. Sie hat es mir erzählt.«

»Ja, wir werden ihn diese Woche zurückbringen. Er hat uns einen Ort auf der Landkarte eingezeichnet. Ziemlich präzise sogar.« Der Mann klopfte auf die zweite Schachtel, die er bekommen hatte. Johnny wurde plötzlich klar, daß darin der gesamte weltliche Besitz von Tommy Atkins sein mußte, außer den Orden und ein paar vergilbten Fotografien.

»Was werden Sie tun?« fragte er.

»Nur seine Asche verstreuen. Und eine kleine Gedenkfeier abhalten.«

»Dort, wo ... die Kameraden gestorben sind?«

»Genau. Er hat immerzu über sie gesprochen.«

»Sir?«

Der Mann blickte auf.

»Ja?«

»Mein Name ist John Maxwell. Wie heißen Sie?«

»Atterbury. Ronald Atterbury.« Er streckte seine Hand aus und reichte sie Johnny. »Bist du etwa der Enkel von Arthur Maxwell? Er hat in der Stiefelfabrik für mich gearbeitet.«

»Ja. Sir?«

»Ja?«

Johnny wußte, wie die Antwort lauten würde. Er konnte sie im voraus ahnen. Aber man mußte die Frage stellen, damit die Antwort ausgesprochen werden konnte. Er holte tief Luft.

»Sind Sie mit Sergeant Atterbury verwandt? Er war einer der Kameraden.«

»Er war mein Vater.«

»Oh.«

»Ich habe ihn nie kennengelernt. Er hat meine Mutter geheiratet, bevor er in den Krieg ging. So etwas ist damals häufig passiert. Auch heute noch. Entschuldige, junger Mann, aber solltest du nicht in der Schule sein?«

»Nein«, sagte Johnny.

»Wirklich?«

»Ich sollte hier sein. Da bin ich mir ganz sicher«, erklärte Johnny. »Aber jetzt gehe ich wohl lieber wieder in die Schule. Danke, daß Sie mit mir gesprochen haben.«

»Ich hoffe, du hast keine wichtigen Stunden verpaßt.«

»Geschichte.«

»Das ist sehr wichtig.«

»Darf ich Sie noch was fragen?«

»Ja?«

»Tommy Atkins' Orden. Waren die für was Bestimmtes?«

»Das waren Belobigungsorden. Die Soldaten bekamen sie einfach dafür, daß sie noch am Leben waren. Und dafür, daß sie da waren. Er hat den ganzen Krieg mitgemacht, weißt du. Bis zum bitteren Ende. Wurde nicht mal verwundet.«

Johnny ging über die Auffahrt zurück und bemerkte dann, was um ihn vorging. Etwas Wichtiges war geschehen, und er war der einzige Lebende, der es gesehen hatte, und es war *richtig* so.

Es war auch richtig so, daß man Orden einfach dafür bekam, daß man da war. Manchmal konnte man nichts anderes tun, als einfach nur da sein.

»Als er die Straße erreicht hatte, sah er sich noch einmal um. Mr. Atterbury saß immer noch auf der Bank, die beiden Schachteln neben sich, und starrte die Bäume an, als hätte er sie sie noch nie gesehen. Er starrte einfach, als ob er geradewegs durch sie hindurchsehen könnte, bis nach Frankreich. Johnny zögerte, dann wollte er sich umdrehen und zurückgehen.

»Nein«, sagte Mr. Vicenti, der direkt hinter ihm stand.

Er hatte an der Bushaltestelle gewartet. Sozusagen gelauert.

»Ich wollte nur –«

»Ja, das wolltest du«, sagte Mr. Vicenti. »Und was hättest du gesagt? Daß du sie gesehen hast? Was würde das nützen? Vielleicht sieht er sie auch, in seiner Phantasie.«

»Na ja –«

»Es würde nicht funktionieren.«

»Aber wenn ich –«

»Für so etwas wärst du vor ein paar hundert Jahren wahrscheinlich verbrannt worden, wegen Hexerei. Im vergangenen Jahrhundert hätte man dich eingesperrt. Ich weiß nicht, was man heute macht.«

Johnny entspannte sich ein wenig. Der Drang, die Auffahrt wieder hinauf zu rennen, hatte sich gelegt.

»Eine Fernsehsendung über mich machen, nehme ich an«, sagte er und ging die Straße entlang.

»Nun, das wollen wir doch auf keinen Fall«, meinte Mr. Vicenti. Er ging auch, aber seine Füße reichten nicht ganz bis zum Boden.

»Es ist nur, wenn ich den Leuten klarmachen könnte, daß –«

»Vielleicht«, sagte Mr. Vicenti. »Aber den Leuten etwas klar zu machen ist mit schwerer, langwieriger Arbeit verbunden – entschuldige . . .«

Er wackelte ein wenig mit der Schulter, wie ein Mann, der versucht, sich an einer schwierigen Stelle zu kratzen, und zog ein paar Tauben aus der Jacke.

»Ich glaube, die brüten da drin«, sagte er und sah zu, wie sie davonflogen. »Was wirst du jetzt tun?«

»Ich gehe in die Schule. Und sagen Sie nicht, daß das nicht wichtig ist.«

»Ich habe gar nichts gesagt.«

Sie kamen am Friedhofstor an. Johnny konnte das

große Schild auf dem alten Fabrikgelände nebenan gerade noch erkennen; der knallblaue Himmel darauf zeichnete sich gegen das Blaugrau des wirklichen Himmels ab.

»Sie fangen übermorgen an, uns von hier wegzubringen«, sagte Mr. Vicenti.

»Das tut mir leid. Wie ich schon sagte, ich wünschte, ich könnte irgendwas tun.«

»Vielleicht hast du das schon getan.«

Johnny seufzte.

»Wenn ich Sie frage, was Sie damit meinen, werden Sie mir doch nur sagen, daß das schwer zu erklären ist, nicht wahr?«

»Wahrscheinlich. Komm mit. Das wird dir gefallen.«

Auf dem Friedhof war keine Menschenseele zu sehen, nicht mal eine tote. Selbst der Rabe war verschwunden, falls es nicht sowieso eine Saatkrähe gewesen war.

Aber vom Kanal unten kam ein ziemlicher Lärm.

Die Toten schwammen. Nun ja, einige von ihnen taten es. Mrs. Liberty schwamm. Sie trug einen altmodischen Badeanzug, der ihr vom Hals bis zu den Knien reichte, aber sie hatte immer noch ihren Hut auf.

Der Stadtrat hatte seinen Gehrock und die Amtskette ausgezogen und saß in Hemdsärmeln am Ufer. Er trug Hosenträger, mit denen man ein Schiff hätte vertäuen können. Johnny fragte sich, wie es möglich war, daß die Toten ihre Kleider wechselten, und ob sie Hitze spüren konnten, aber er nahm an, es war alles Übungssache. Wenn ein Toter in Gedanken sein Hemd auszog, dann hatte er es eben tatsächlich nicht mehr an.

Und was das Schwimmen betraf ... es platschte nicht, wenn sie hineinsprangen, es entstand nur ein ganz leichter Schimmer, der sich in kleinen Wellen bewegte und ganz schnell verschwand. Und wenn sie an die Oberfläche kamen, sahen sie nicht naß aus. Johnny stellte es sich so vor: wenn ein Gespenst (in Gedanken mußte er dieses Wort manchmal gebrauchen) ins Wasser sprang, wurde nicht das Gespenst naß, sondern das Wasser gespenstisch.

Aber nicht alle amüsierten sich. Zumindest nicht auf die übliche Art. Mr. Fletcher und Solomon Einstein und ein paar andere standen um ein Fernsehgerät herum, das jemand hier weggeworfen hatte.

»Was machen die da?« fragte Johnny.

»Sie versuchen, es zu reparieren«, sagte Mr. Vicenti.

Johnny lachte. Der Bildschirm war zerbrochen. Regen war jahrelang ins Gehäuse gelaufen. Es wuchs sogar schon Gras heraus.

»Das wird doch nie –«, setzte er an.

Ein Rauschen ertönte. Ein Bild formte sich in der Luft, *auf einem Bildschirm, der gar nicht mehr da war.*

Mr. Fletcher stand auf und schüttelte Solomon Einstein feierlich die Hand.

»Eine weitere erfolgreiche Verbindung von fortschrittlichen Theorien mit praktischem Know-how, Mr. Einstein.«

»Ein Schritt in die richtige Richtung, Mr. Fletcher.«

Johnny starrte die flackernden Bilder an. Sie hatten wundervolle Farben.

So langsam begriff er.

»Ist das der *Geist* des Fernsehers?« fragte er.

»Was für ein cleveres Bürschchen!« sagte Solomon Einstein.

»Aber mit *Verbesserungen*«, fügte Mr. Fletcher hinzu.

Johnny warf einen Blick in das Gehäuse. Es war voller alter Blätter und verrostetem, verbogenem Metall. Aber über dem Gerät schimmerte freundlich der Umriß seines Geistes und surrte ohne elektrischen Strom vor sich hin. Zumindest scheinbar ohne Strom. Wer wußte schon, wo die Elektrizität hinging, wenn das Licht ausgeschaltet war?

»Wow!«

Er stand auf und zeigte auf die dreckiggrüne Oberfläche des Kanals.

»Irgendwo da unten ist ein alter Ford Capri«, sagte er. »Wobbler sagt, er hat gesehen, wie ein paar Männer ihn hineingeschoben haben.«

»Ich werde gleich nachsehen«, meinte Mr. Fletcher. »Der Verbrennungsmotor könnte wahrhaftig noch ein paar Verbesserungen gebrauchen.«

»Aber ... ich meine ... Maschinen leben nicht – wie können sie dann Geister haben?«

»Aber sie *existieren*«, sagte Solomon Einstein. »Von Augenblick zu Augenblick. Und wir müssen nur den richtigen Augenblick finden, nicht wahr?«

»Klingt wie Okkultismus«, sagte Johnny.

»Nein! Es ist *Physik!* Genauer gesagt, *mehr* als Physik. Es ist –« er fuchtelte aufgereget herum, »*Meta*physik. Vom griechischen *meta,* das bedeutet außerhalb, und *physika,* das heißt ... ähm ...«

»Physik«, sagte Mr. Vicenti.

»Genau!«

»Nichts hört wirklich auf. Nichts ist wirklich vorbei.« Es war Johnny, der das gesagt hatte. Er war über sich selbst überrascht.

»Korrekt! Bist du Physiker?«

»Ich?« fragte Johnny. »Ich habe von Naturwissenschaften keine Ahnung.«

»Wunderbar! Die ideale Voraussetzung!« sagte Einstein.

»Was?«

»Unwissen ist sehr wichtig! Es ist absolut *unabdingbar* für den Lernprozeß!«

Mr. Fletcher drehte am Geist eines Sendersuchknopfes.

»Nun, jetzt ist alles in Ordnung«, sagte er und sah sich ein offenbar spanisches Programm an. »Alle herkommen!«

»Wie interessant«, sagte Mrs. Liberty und zog sich in Sekundenschnelle an. »Miniatur-Cinematographie?«

Als Johnny ging, saßen alle vor dem kaputten Fernseher und stritten sich, was sie anschauen wollten . . .

Außer Mr. Grimm. Er stand etwas abseits, die Hände brav gefaltet, und sah ihnen zu.

»Das wird Ärger geben«, sagte er. »Das ist Ungehorsam. Einmischung in die Physik.«

Er hatte einen kleinen Schnurrbart und trug eine Brille. Jetzt, im Tageslicht, konnte Johnny erkennen, daß die Gläser so dick waren, daß man die Augen kaum sehen konnte.

»Das wird Ärger geben«, sagte er noch einmal. »Und es wird *deine* Schuld sein, John Maxwell. Du versetzt sie in Aufruhr. Ist das etwa eine Art, wie Tote sich verhalten sollten?«

Zwei unsichtbare Augen folgten ihm.

»Mr. Grimm?« sagte Johnny.

»Ja?«

»Wer sind Sie?«

»Das geht dich nichts an.«

»Nein, aber alle anderen reden immer über –«

»Ich glaube zufällig an Anstand. Ich glaube daran, daß man das Leben ernst nehmen sollte. Es gibt so etwas wie Regeln. Ich habe ganz sicher nicht vor, mich diesen Albernheiten hinzugeben.«

»Ich wollte Sie nicht –«

Mr. Grimm drehte sich um und ging steif zu seinem

kleinen Grabstein unter den Bäumen. Er setzte sich mit verschränkten Armen hin und starrte Johnny an.

»Das wird schlimme Folgen haben«, sagte er.

Er sagte, er hätte zum Facharzt gemußt. Das funktionierte immer. Die Lehrer stellten dann für gewöhnlich keine weiteren Fragen.

In der Pause hatte Wobbler Neuigkeiten.

»Meine Ma sagt, heute abend wird es eine große Versammlung im Bürgerhaus geben, mit Leuten vom Fernsehen und allem Drum und Dran.«

»Das bringt doch nichts«, meinte Yo-less. »Das geht doch schon seit einer Ewigkeit so. Es ist zu spät. Es wurden schon alle möglichen Untersuchungen und Zeugs gemacht.«

»Ich habe meine Mutter gefragt, wie das ist, wenn man Gebäude auf alten Friedhöfen bauen will. Sie sagt, man muß zuerst den Pfarrer holen, damit er den Ort entweihen kann«, sagte Wobbler. »Das ist bestimmt sehenswert.«

»Trotzdem, ich werde heute abend hingehen«, sagte Johnny. »Und ihr solltet mitkommen.«

»Das bringt doch nichts«, meinte Yo-less.

»Doch«, sagte Johnny.

»Aber der Platz ist doch schon verkauft«, sagte Yo-less. »Ich weiß, daß du deswegen irgendwie traurig bist, aber die Sache ist gelaufen.«

»Es wird trotzdem gut sein, wenn wir hingehen.« Er

wußte es, genau wie er gewußt hatte, daß die Kameraden von Blackbury wichtig waren. Den Grund dafür wußte er auch nicht. Es *war* einfach so.

»Wird es irgendwelche ... ungewöhnlichen Windstöße geben?« fragte Bigmac.

»Woher soll ich das wissen? Ich denke nicht. Im Augenblick hocken sie alle vorm Fernseher.«

Die anderen drei warfen einander Blicke zu.

»Die *Toten* sehen fern?« fragte Wobbler.

»Ganz richtig. Und ich weiß, daß ihr jetzt alle nachdenkt, was ihr Komisches sagen könnt. Vergeßt es einfach. Sie sehen fern. Sie haben einen alten Fernseher repariert.«

»Na ja, ich nehme an, so vergeht die Zeit schneller«, meinte Wobbler.

»Ich glaube nicht, daß sie Zeit so wahrnehmen wie wir«, sagte Johnny.

Yo-less rutschte von der Mauer herunter.

»Wenn ihr schon von Zeit redet«, sagte er, »ich glaube nicht, daß morgen ein guter Tag ist, um auf Friedhöfen herumzulungern.«

»Warum nicht?« wollte Bigmac wissen.

»Wißt ihr nicht, was morgen für ein Tag ist?«

»Dienstag«, sagte Johnny.

»Halloween«, sagte Wobbler. »Ihr seid alle zu meiner Party eingeladen, schon vergessen?«

»Ach herrje«, sagte Bigmac.

»Das Prinzip ist ziemlich einfach«, erklärte Mr. Fletcher. »Ein kleiner Lichtpunkt! Das ist alles! Er flitzt in einer Glasflasche hin und her. Im Grunde ist es so etwas wie ein thermionisches Ventil. Viel einfacher zu kontrollieren als Schallwellen –«

»Entschuldigen Sie«, warf Mrs. Liberty ein. »Wenn Sie vor dem Bildschirm stehen, wird das Bild ganz unscharf.«

»Tut mir leid«. Mr. Fletcher trat ein paar Schritte zurück und setzte sich. »Was passiert gerade?«

Die Toten hatten sich ordentlich in Reihen vor dem Fernseher niedergelassen und sahen fasziniert zu.

»Mr. McKenzie hat Dawn gesagt, daß Janine nicht zu Doraleens Party gehen kann«, sagte William Stickers, ohne den Blick vom Bildschirm zu nehmen.

»Ich muß sagen«, meinte der Stadtrat, »ich habe mir Australien immer ganz anders vorgestellt. Mehr Känguruhs und weniger junge Frauen in unpassender Kleidung.«

»*Ich* habe nichts gegen die jungen Frauen«, sagte William Stickers.

»Mr. Stickers! Schande über Sie! Sie sind *tot!*«

»Aber ich habe ein sehr gutes Gedächtnis, Mrs. Liberty.«

»Oh, ist es aus?« sagte Solomon Einstein, als der Abspann über den Bildschirm lief und die Titelmusik über den Kanal schwebte. »Aber wir wissen immer noch nicht, wer das Geld aus Micks Mantel genommen hat!«

»Der Mann im Fernsehen hat gerade gesagt, daß es morgen eine weitere Vorstellung gibt«, sagte Mrs. Liberty. »Die dürfen wir auf keinen Fall verpassen!«

»Es wird dunkel«, sagte Mr. Vicenti aus der hinteren Reihe. »Zeit, zurückzugehen.«

Die Toten sahen hinüber zum Friedhof.

»Das heißt, wenn wir wollen«, fügte er hinzu. Er lächelte matt.

»Die Toten schwiegen. Dann sagte der Stadtrat: »Nun, ich will verdammt sein, wenn ich dahin zurückgehe.«

»Thomas Bowler!« zischte Mrs. Liberty empört.

»Nun, wenn ein Mann nicht mal fluchen darf, wenn er tot ist, dann sind das trübe Aussichten. Verdammt, verdammt, verdammt! Ich meine überlegt doch mal. Es gibt Radio und Fernsehen und all diese Dinge. Es passiert etwas! Ich sehe nicht ein, warum wir dorthin zurückgehen sollten. Es ist langweilig dort. Kommt nicht in Frage.«

»Aber es *gehört* sich einfach, daß wir bleiben, wo wir hingelegt wurden«, sagte Mrs. Liberty. »Wir müssen bleiben, wo man uns *hingelegt* hat.«

»Ähem.«

Es war Mr. Grimm. Die Toten starrten ihre Füße an.

»Ich bin vollkommen Ihrer Meinung«, sagte er.

»Oh. Hallo, Eric«, begrüßte ihn der Stadtrat kühl.

Eric Grimm faltete die Hände vor der Brust und funkelte sie an. Das gab selbst den Toten zu denken. Die

Dicke seiner Brillengläser ließ seine Augen irgendwie verschwinden, so daß man nur noch rosa dahinter sah.

»Hört ihr euch eigentlich jemals selbst zu, wenn ihr redet?« fragte er. »Ihr seid *tot*. Verhaltet euch dementsprechend. Es ist *vorbei*.« Er drohte mit dem Finger. »Ihr wißt, was passiert, wenn ihr geht. Ihr wißt, was passiert, wenn ihr zu lange wegbleibt. Allein der Gedanke ist schrecklich. Ihr laßt euch von diesem dummen Kind ganz durcheinanderbringen.«

Die Toten wichen seinem Blick aus. Wenn man tot war, dann gab es einfach Dinge, die man wußte, genau wie man als Lebender wußte, wie man atmete. Man wußte, daß *der Tag kommen würde*. Und man mußte darauf vorbereitet sein. Es würde einen letzten Sonnenaufgang geben, und darauf mußte man gefaßt sein.

Der letzte Sonnenaufgang. Der Tag des Jüngsten Gerichts. Es konnte jeder Tag sein. Man mußte bereit sein.

»Man haut nicht einfach ab und äfft die heutige Jugend nach«, sagte Mr. Grimm, als könnte er ihre Gedanken lesen. »Wir sind tot. Also warten wir hier, wie es sich für anständige Menschen gehört. Und geben uns nicht mit dem Gewöhnlichen ab.«

Die Toten traten unruhig von einem Fuß auf den anderen.

»Nun, ich habe achtzig Jahre gewartet«, sagte der Stadtrat schließlich, »wenn es heute abend geschieht, dann geschieht es eben. Ich werde jetzt losziehen und mich umsehen. Kommt jemand mit?«

»Ja. Ich«, sagte William Stickers und stand auf.

»Noch jemand?«

Etwa die Hälfte der Toten erhob sich. Ein paar andere sahen sich um und beschlossen, sich ihnen anzuschließen. Etwas an Mr. Grimm, ließ einen wünschen, auf der anderen Seite zu stehen.

»Ihr werdet euch verirren!« unkte Mr. Grimm. »Es wird etwas schiefgehen, das wißt ihr! Und dann müßt ihr für ewig herumirren, und ihr werdet ... vergessen!«

»Ich habe Verwandte da draußen«, sagte der Stadtrat.

»Wir alle haben Verwandte«, meinte Mrs. Liberty. »Und wir kennen die Regeln. Und Sie kennen sie auch.« Sie wirkte verlegen.

Es *gab* Regeln. Sie wurden einem niemals mitgeteilt, genausowenig, wie einem mitgeteilt wurde, daß Dinge herunterfielen, wenn man sie losließ. Es war einfach so.

Aber der Stadtrat war finster entschlossen, sich nicht zu beugen.

»Ich werde mich auf jeden Fall umsehen. Meine alten Treffs abchecken«, murmelte er.

»Treffs?« sagte William Stickers.

»Abchecken?« sagte Mrs. Liberty.

»So drückt man es heute aus, wenn –« fing William Stickers an.

»Ich bin ziemlich sicher, daß ich das nicht wissen will!« sagte Mrs. Liberty und stand auf. »Schon der Gedanke!«

»Da draußen ist eine Welt, die wir mitgestaltet haben,

und ich will jetzt herausfinden, wie sie ist«, brummelte der Stadtrat trotzig.

»Und außerdem«, sagte Mr. Vicenti, wenn wir alle zusammenhalten, wird niemand vergessen, wer er ist, und wir werden alle weiterkommen.«

Mrs. Liberty schüttelte den Kopf.

»Nun, wenn Sie darauf *bestehen,* dann sollte lieber jemand mitgehen, der ein wenig Vernunft besitzt«, sagte sie.

Schließlich marschierten sie fast alle den Kanalweg entlang in Richtung Stadtmitte. Zurück blieben nur Mr. Einstein und Mr. Fletcher, die immer noch glücklich neben ihrem Fernseher saßen.

»Was ist denn mit denen los?« sagte Mr. Fletcher. »Die verhalten sich ja gerade so, als wären sie *lebendig.*«

»Es ist abscheulich«, sagte Mr. Grimm, aber seine Stimme klang auch triumphierend, als ob er es ihn irgendwie befriedigte, zu sehen, wenn Leute sich schlecht betrugen.

»Solomon hier sagt, daß der Raum eine Illusion ist«, meinte Mr. Fletcher. »Es ist also *unmöglich,* irgendwo hinzugehen. Oder irgendwo zu sein.«

Einstein spuckte sich in die Hände und versuchte, sein Haar zu bändigen.

»Andererseits –«, sagte er, »gab es da *tatsächlich* eine nette kleine Kneipe in der Cable Street.«

»Du würdest dort kein Bier mehr bekommen, Solly«, sagte Mr. Fletcher. »Sie bedienen keine Gespenster.«

»Mir hat es dort immer sehr gut gefallen«, sagte Einstein schwermütig, »wenn ich einen langen, anstrengenden Tag mit Füchseausstopfen verbracht hatte, war es wirklich nett, sich am Abend zu entspannen.«

»Aber hast du nicht gesagt, der Raum sei eine Illusion?« fragte Mr. Fletcher. »Ich dachte, wir würden noch ein bißchen an dem Fernseher arbeiten. Sagtest du nicht, es gäbe keinen theoretischen Grund, warum wir nicht in der Lage sein sollten –«

»Ich glaube«, sagte Mr. Einstein vorsichtig, »ich würde mich gerne ein wenig vernügen.«

Und schließlich war nur noch Mr. Grimm übrig.

Er ging zurück, immer noch starr vor sich hinlächelnd, und setzte sich hin, um auf ihre Rückkehr zu warten.

Kapitel sieben

Der Saal des Frank W.-Arnold-Bürgerhauses war etwa zur Hälfte gefüllt.

Es roch nach Chlor vom Schwimmbad, nach Staub und Bohnerwachs und nach dem Holz der Stühle. Ab und zu verirrten sich ein paar Leute herein, die dachten, es handelte sich um ein Treffen des Bowlingvereins. Wenn sie dann wieder hinausgehen wollten, drückten sie gegen die Tür, auf der »Ziehen« stand und starrten sie an, als würde nur ein Vollidiot »Ziehen« auf eine Tür schreiben, an der man ziehen mußte. Die Redner verbrachten einen Großteil der Zeit damit, die Leute im hinteren Teil des Saales zu fragen, ob sie alles verstehen könnten; und damit, das Mikrophon immer wieder viel zu nah an die Lautsprecher zu halten, so daß es zu Rückkoppelungen kam. Schließlich versuchte jemand, die Sprechanlage richtig einzustellen, verursachte einen Kurzschluß und ging den Hausmeister holen, wobei er eine ganze Weile lang gegen die Tür drückte, wie ein Hamster, der versucht, einen Ausweg aus seinem Tretrad zu finden.

Tatsächlich war es wie jede andere öffentliche Versammlung, die Johnny bisher erlebt hatte. Wahrscheinlich versammeln sich auch auf dem Planeten Jupiter siebenbeinige Außerirdische in eisigen Hallen, die nach Chlor stinken, dachte er, mit kreischenden Mikrophonen und Gestalten, die verzweifelt an Türen ÆΣσten, auf denen mit großen Buchstaben »ßΩø« stand.

Im Saal waren auch ein oder zwei seiner Lehrer. Es war faszinierend. Er hatte sich nie richtig vorstellen können, daß sie außerhalb der Schule irgend etwas taten. Man konnte die Leute nie richtig einschätzen, genausowenig, wie man die Tiefe eines Teiches einschätzen konnte, von dem man nur die Oberfläche sah. Er erkannte auch ein oder zwei Leute, die ab und zu auf dem Friedhof mit ihren Hunden spazierengingen oder einfach nur auf der Bank saßen. Sie wirkten irgendwie fehl am Platz.

Dann gab es noch ein paar Leute von der Vereinigten Holding GmbH und einen Mann vom städtischen Bauamt sowie die Vorsitzende der städtischen Verwaltungsbehörde, die Mrs. Liberty verdammt ähnlich sah und die, wie sich herausstellte, Miss Liberty hieß. (Johnny überlegte, ob Mrs. Liberty wohl ihre Urgroßmutter war, aber er konnte sie ja wohl kaum fragen; es hätte keinen besonders guten Eindruck gemacht zu sagen: »Heh, Sie sehen genau wie diese tote Dame aus, sind Sie irgendwie verwandt?«.)

Sie wirkten überhaupt nicht fehl am Platze. Sie schienen an öffentliche Auftritte gewöhnt zu sein.

Johnny fand es ausgesprochen schwierig, ihnen zuzuhören. Das Pockpock aus der Squash-Halle auf der anderen Seite zerriß die Sätze wie ein Schwall von Punkten, und jedes Rattern der Tür war wie ein Semikolon.

»– bessere Zukunft. Für die jungen Leute; unserer Stadt –«

Die meisten im Saal waren mittleren Alters. Sie hörten den Rednern sehr aufmerksam zu.

»– versichern den Bürgern ... von Blackbury; daß ... Wir ... Bei der Vereinigten Holding GmbH; größten Wert ... auf die öffentliche; Reinigung ... legen und nicht; vorhaben –«

Die Wörter sprudelten nur so. Er konnte fühlen, wie sie den Raum füllen.

Und danach – sagte er sich – danach, übermorgen, wird der Friedhof geschlossen werden, egal, was hier noch gesagt wird, und in der Vergangenheit verschwinden, genau wie die alte Stiefelfabrik. Und dann würde die Vergangenheit zusammengerollt und in alte Zeitungen verpackt abgelegt, genau wie die Kameraden von Blackbury. Wenn nicht irgend jemand etwas tat.

Aber das Leben war schon schwer genug. Sollte doch ein anderer etwas sagen.

»– nicht einmal ein besonders *gutes* Beispiel. Von edwardinischer Grabskulptur. Mit –«

Die Worte würden den Saal so lange füllen, bis sie

über die Köpfe der Leute gestiegen waren. Es waren weiche, beruhigende Worte. Bald würden sie über den Hüten und Mützen zusammenschlagen und die Leute würden dahocken wie Seeanemonen unter Wasser.

Sie waren hergekommen, um etwas zu sagen, auch wenn sie nicht wußten, wie sie es sagen sollten.

Also sollte er sich lieber zurückhalten.

Nur, wenn man sich zurückhielt, versank man in den Worten anderer Leute.

» – voll in Rechnung . . . Gezogen; in jeder Phase des Planungsprozesses –«

Johnny stand auf, weil es die einzige Möglichkeit war, nicht zu ertrinken. Er fühlte, wie sein Kopf durch die Flut von Worten brach, und er holte tief Luft.

»Entschuldigen Sie bitte?« sagte er.

Der »Weiße Schwan« in der Cable Street, jahrelang als »Graue Ente« bekannt, war ein traditioneller englischer Pub mit einem »Nuke the Gook«-Videospiel, an dem sich vermutlich schon Shakespeare persönlich vergnügt hatte. Es war brechend voll, und der Lärm der Jukebox und elektronischer Explosionen füllte den Raum.

In einer Ecke saß die verrückte alte Mrs. Tachyon, zwischen das Videospiel und die Wand gequetscht, mit einem schwarzen Filzhut und einem Glas Guiness in der Hand.

Verrückt ist ein Wort, das man auf Leute anwendet,

die entweder gar keine Vernunft mehr haben oder erheblich mehr als alle anderen.

Mrs. Tachyon war die einzige im Raum, die den Temperatursturz bemerkte. Sie blickte auf und grinste mit ihrem einzigen Zahn.

Ein Schwall kalter Luft schob sich durch den überfüllten Raum bis zur Jukebox. Für einen kurzen Moment bildete sich eine Eisnebelschicht darüber.

Ein neues Lied fing an.

»›Die Rosen der Picardie‹«, sagte Mrs. Tachyon glücklich. Ein Lied aus unserer Jugend. »Ja!«

Sie sah zu, wie die Leute sich um die Maschine drängten und anfingen, darauf herumzuklopfen. Dann zogen sie den Stecker, was keinen Effekt hatte.

Die Kellnerin schrie und ließ ein Tablett voller Getränke fallen, als der Spielautomat explodierte und Feuer fing.

Dann ging das Licht aus.

Mrs. Tachyon blieb im Dunkeln sitzen. Sie hörte, wie der Wirt irgendwo in einem Hinterzimmer fluchte, während ein Kurzschluß den anderen jagte.

Es war recht angenehm, im warmen Glühen der geschmolzenen Elektronik zu sitzen.

Aus dem Schrotthaufen auf dem Boden erhoben sich die Geister zweier Biergläser und schwebten zu einem Tisch.

»Cheers!« sagte Mrs. Tachyon.

Die Vorsitzende der städtischen Verwaltungsbehörde schielte über den Rand ihrer Brille.

»Fragen bitte zum Schluß.«

Johnny schwankte. Aber wenn er sich hinsetzte, würden die Wörter wieder über ihm zusammenschwappen.

»Und wann ist Schluß, bitte?« sagte er.

Johnny spürte, wie alle ihn anstarrten.

Die Vorsitzende sah die anderen Redner an. Sie hatte die Angewohnheit die Augen zu schließen, wenn sie einen Satz anfing und sie dann am Ende plötzlich aufzureißen, so daß es aussah, als sprängen sie vor, um einen zu überraschen.

»Wenn *[Augen zu]* wir die Lage. Zu Ende. Diskutiert haben. Dann werde ich um *[Augen auf!]* Fragen bitten.«

Johnny beschloß, es trotzdem zu wagen.

»Aber ich muß vor dem Ende gehen«, sagte er. »Ich muß um zehn im Bett sein.«

Allgemeines zustimmendes Gemurmel erhob sich. Die meisten Anwesenden waren eindeutig der Meinung, daß jedermann unter dreißig um zehn im Bett sein sollte. Im großen und ganzen stimmte das ja auch. Er war normalerweise gegen zehn in seinem Zimmer, auch wenn das nichts darüber aussagte, wann schließlich das Licht ausging.

»Lassen Sie den Jungen seine Fragen stellen«, sagte eine Stimme aus den vorderen Reihen.

»Er arbeitet an einem Projekt«, sagte eine andere

Stimme. Johnny erkannte Mr. Atterbury, der steif wie ein Brett dasaß.

»Oh . . . na schön. Was möchtest du, junger Mann?«

»Äh.« Johnny fühlte ihre Blicke auf sich. »Nun, was ich meine ist . . . was ich wissen will . . . kann denn irgendwas, das heute abend gesagt wird, überhaupt noch was ändern?«

»Das *[Augen zu]* scheint mir kaum eine angemessene *[Augen auf!]* Frage«, erklärte die Vorsitzende ernst.

»Ich finde sie eigentlich ziemlich gut«, sagte Mr. Atterbury. »Warum antwortet der Mann von der Vereinigten Holding GmbH dem Jungen nicht? Eine einfache Antwort würde genügen.«

Der Mann der Vereinigten schenkte Johnny ein offenes, aufrichtiges Lächeln.

»Wir werden selbstverständlich alle Standpunkt *ernsthaft* überdenken«, sagte er. »Und –«

»Aber Sie haben ein Schild aufgestellt, auf dem steht, daß Sie auf jeden Fall bauen werden«, sagte Johnny. »Nur, ich glaube nicht, daß es viele gibt, die wollen, daß der alte Friedhof bebaut wird. Dann werden Sie also das Schild wieder wegnehmen?«

»Wir haben in der Tat das Grundstück bereits gekauft –«

»Sie haben fünf Pence bezahlt«, sagte Johnny. »Ich gebe Ihnen ein Pfund.«

Die Leute fingen an zu lachen.

»Ich habe auch eine Frage«, sagte Yo-less und stand auf.

Die Vorsitzende, die schon den Mund geöffnet hatte, zögerte. Yo-less lächelte sie strahlend an – würde sie es wirklich wagen, *ihn* aufzufordern, sich wieder hinzusetzen?

»Wir nehmen die Frage von dem anderen jungen Mann, den mit dem Hemd – nein, nicht du, der –« fing sie an.

»Der Schwarze«, half Yo-less ihr. »Warum hat die Gemeinde den Friedhof überhaupt verkauft?«

Bei dieser Frage hellte sich die Miene der Vorsitzenden auf.

»Ich *[Augen zu]* denke, da haben wir schon zur Genüge besprochen *[Augen auf]*«, sagte sie. »Die Instandhaltungskosten –«

Bigmac stupste Johnny, zeigte auf ein Blatt mit Zahlen, das jeder erhalten hatte, und flüsterte ihm ins Ohr.

»Aber ich sehe nicht so recht ein, was an der Instandhaltung eines Friedhofs so teuer sein soll«, sagte Yo-less. »Jemanden ein- oder zweimal im Jahr hinzuschikken, damit er die Hecken stutzt, schient mir nicht sehr kostenintensiv.«

»Wir würden das umsonst tun«, sagte Johnny.

»Tatsächlich?« flüsterte Wobbler, der frische Luft lieber anderen gönnte, die weit genug von ihm entfernt waren.

Jetzt drehten sich einige Leute auf ihren Stühlen um.

Die Vorsitzende seufzte laut, um auszudrücken, daß Johnny einfach nur zu dumm war, daß sie sich aber trotzdem mit ihm auseinandersetzen würde.

»*Tatsache* ist, junger Mann, wie ich schon mehrfach erklärt habe, daß es einfach zu teuer ist, einen Friedhof instandzuhalten, der –«

Während er schamrot zuhörte, fiel Johnny ein, daß man immer eine zweite Chance hatte. Er konnte einfach klein beigeben und den Mund halten. Dann würde er sich sein Leben lang fragen, was geschehen wäre, und wenn er starb, würde dieser Engel – obwohl, so wie die Dinge im Moment aussahen, waren Engel Mangelware, selbst für Tote – sagen, heh, würdest du gerne wissen, was passiert wäre? Und er würde sagen, ja, das würde ich wirklich gerne wissen, und der Engel würde ihn zurückschicken, und vielleicht war das hier ja –

Er riß sich zusammen.

»Nein«, sagte er. »Es ist nicht einfach zu teuer.«

Die Frau hielt mitten im Satz inne.

»So eine Unverschämtheit, mich zu unterbrechen!« kläffte sie.

Johnny ließ sich nicht abschrecken. »In Ihren Papieren hier steht, daß der Friedhof Verluste macht. Aber ein Friedhof kann keine Verluste machen. Es ist kein Geschäft oder so was. Es gibt ihn einfach. Mein Freund Bigmac hier sagt, was Sie Verlust nennen, ist einfach der Wert des Landes, auf dem Bürogebäude gebaut werden können. Es sind die Steuern, die Sie von der Vereinigten Holding bekommen würden. Aber die Toten können keine Steuern zahlen, deshalb zählen sie nicht.«

Der Mann von der Vereinigten Holding machte den Mund auf, um etwas zu sagen, aber die Vorsitzende bremste ihn.

»Ein demokratisch gewählter Rat –« fing sie an.

»Dazu würde ich gerne ein paar Worte sagen«, sagte Mr. Atterbury. »Es gibt da ein paar Dinge bei diesem Verkauf, die ich gerne auf demokratische Art erklärt bekommen würde.«

»Ich habe mir den Friedhof genau angesehen«, fuhr Johnny fort. »Ich habe ... ein Projekt gemacht. Es gibt dort eine Menge interessanter Dinge. Es ist egal, daß dort keine wirklich berühmten Leute begraben sind. Sie waren *hier* berühmt. Sie haben ihr Leben gelebt und sind gestorben. Es waren *Menschen*. Es ist falsch, zu denken, daß die Vergangenheit einfach vorbei ist. Sie ist immer noch da. Nur *Sie* haben sie hinter sich gelassen. Wenn man durch eine Stadt hindurchfährt, kann man sie immer noch im Rückspiegel sehen. Die Zeit ist eine Straße, aber sie rollt sich nicht hinter Ihnen auf. Nichts ist vorbei, nur weil es *Vergangenheit* ist. Verstehen Sie das?«

Die Leute sagten, es sei ziemlich kalt für die Jahreszeit. Kleine Kälteflecken schwebten durch die Stadt.

Im Kinosaal K des Blackbury Odeon lief ein 24-Stunden-Halloween-Special, aber die Leute blieben nicht sitzen. Es sei zu kalt da drinnen, sagten sie. Und gruselig. Armpit, der Manager, einer von Wobblers Todfeinden, der aussah wie zwei Männer in einem Smoking, erklärte, es *müsse* schließlich gruselig sein. »Nein«, sagten die Kinobesucher. »So gruselig auch wieder nicht.« Da waren Stimmen, die man nicht wirklich hörte, und sie – nun, man wurde den Eindruck nicht los, daß jemand direkt hinter einem – ach, kommt, gehn wir einen Hamburger essen. Irgendwo, wo es schön hell ist.

Bald war fast niemand mehr drinnen, außer Mrs. Tachyon, die eine Karte gekauft hatte, weil es im Kino immer schön warm war. Sie verbrachte die meiste Zeit schlafend.

»Elm Street? Elm Street? Gab es nicht eine Elm Street unten an der Beech Lane?«

»Ich glaube nicht, daß es die war. Ich erinnere mich nicht, daß dort solche Dinge passiert wären.«

Die Stimmen störten sie überhaupt nicht.

»Freddie. Also das ist mal ein NETTER Name.«

Zumindest leisteten sie ihr Gesellschaft.

»Und was für ein hübscher Pullover.«

Eine Menge Leute hatten Popcorn und andere Dinge liegenlassen, als sie hinausgeeilt waren.

»Aber DAS finde ich nun wirklich nicht nett.«

Der nächste Film war *Ghostbusters,* gefolgt von *Der Mittwoch der wandelnden Toten.*

Mrs. Tachyon schien es, als wären die Stimmen, die sowieso nicht existierten, plötzlich sehr still geworden.

Jetzt starrten alle Johnny an.

»Und . . . und«, sagte Johnny, ». . . wenn wir sie vergessen, sind wir einfach irgendwelche Leute, die . . . die in irgendwelchen Häusern wohnen. Wir brauchen sie, damit sie uns sagen, wer wir sind. Sie haben diese Stadt gebaut. Sie haben all die dummen, kleinen menschlichen Dinge getan, die aus vielen Häusern einen Ort machen, an dem Menschen wohnen können. Es ist nicht recht, das alles wegzuwerfen.«

Die Vorsitzende raschelte mit ihren Akten.

»Trotzdem *[Augen zu]* müssen wir in der *[Augen auf]* Gegenwart leben«, sagte sie brüsk. »Die Toten sind nicht mehr hier, und ich fürchte, sie wählen auch nicht.«

»Da täuschen Sie sich. Sie sind hier, und sie haben auch eine Stimme«, sagte Johnny. »Ich habe lange darüber nachgedacht. Es hat was mit Tradition zu tun. Und sie sind zwanzigmal mehr als wir.«

Es wurde still im Saal. Fast so still wie in der unbesuchten Vorstellung im Kinosaal K.

Dann fing Mr. Atterbury an zu klatschen. Jemand anders schloß sich an – Johnny sah, daß es die Schwester vom Altenpflegeheim Sonnenblick war. Bald klatschten alle, höflich, aber bestimmt.

Mr. Atterbury erhob sich wieder.

»Mr. Atterbury, bitte setzen Sie sich«, sagte die Vorsitzende, »*ich* leite diese Veranstaltung, falls Sie das vergessen haben sollten.«

»Ich fürchte, das ist nicht der Fall«, sagte Mr. Atterbury. »Ich stehe auf, und ich werde etwas sagen. Der Junge hat recht. Es ist schon zu viel weggenommen worden. Sie haben die High Street umgekrempelt. Es gab dort einmal eine ganze Reihe kleiner Geschäfte. Menschen haben dort gewohnt. Jetzt gibt es nur noch Unterführungen und Leuchtreklamen, und nachts haben die Leute dort Angst. Angst vor der Stadt, in der sie leben! An Ihrer Stelle würde ich mich schämen. Früher hatten wir ein Wappenschild am Rathaus. Jetzt ist da so ein Plastik-Logo. Und Sie haben uns die alten Schrebergärten genommen und das Neil-Armstrong-Einkaufszentrum gebaut, und all die kleinen Läden mußten schließen. Und dabei waren die Schrebergärten so schön!«

»Sie waren völlig verwildert!«

»O ja. Wunderschön verwildert. Selbstgebaute Gewächshäuser aus zusammengenagelten alten Fensterrahmen. Alte Männer, die auf ihren alten Stühlen vor ihren Hütten saßen. Gemüse und Hunde und Kinder überall. Ich weiß nicht, wo all diese Leute jetzt sind, wissen Sie es? Und dann haben Sie lauter Häuser abgerissen und den großen Wohnblock hingesetzt, in dem niemand leben will, und haben ihn nach einem Gangster benannt.«

»Damals habe ich noch gar nicht hier gewohnt«, sagte die Vorsitzende. »Und außerdem sind sich längst alle einig, daß der Joshua-N'Clement-Block eine ... *unangebrachte* Idee war.«

»Eine schlechte Idee, meinen Sie.«

»Ja, wenn Sie es unbedingt so bezeichnen wollen.«

»Sie geben also zu, daß auch Fehler passieren?«

»Trotzdem ist es eine Tatsache, daß wir für die Zukunft bauen müssen –«

»Ich bin sehr froh, daß Sie das sagen, Frau Vorsitzende, denn dann sind Sie sicher ebenso wie ich der Meinung, daß die erfolgreichsten Gebäude sehr tiefe Fundamente brauchen.«

Wieder ertönte Applaus. Die Leute auf dem Podium sahen sich an.

»Ich glaube, ich habe keine andere Wahl, als die Versammlung zu schließen«, erklärte die Vorsitzende steif. »Das hier sollte eine Informationsveranstaltung sein.«

»Ich denke, das war sie auch«, sagte Mr. Atterbury.

»Aber Sie können die Versammlung nicht einfach schließen«, warf Johnny ein.

»Und ob ich das kann!«

»Das können Sie nicht!«, sagte Johnny, »weil das hier ein öffentlicher Saal ist, und wir sind die Öffentlichkeit, und niemand hat etwas Verbotenes getan.«

»Dann gehen wir, und die Versammlung wird keinen Sinn mehr haben!« sagte die Vorsitzende. Sie packte ihre Akten zusammen und stakste über die Bühne, die

Stufen hinunter und durch den Saal. Die übrigen, die auf dem Podium saßen, warfen den Zuhörern ein paar hilflose Blicke zu und folgten ihr.

Sie ging auf die Tür zu.

Johnny sprach ein stummes Gebet.

Irgend jemand, irgendwo, erhörte es.

Sie drückte, wo sie hätte ziehen sollen. Das Rütteln war das einzige Geräusch, und es wurde heftig, als sie die Geduld verlor. Schließlich zog einer der Männer der Vereinigten Holding am Griff, und die Tür sprang auf.

Johnny riskierte einen Blick nach hinten. Er konnte niemanden sehen, der irgendwie tot aussah.

Vor einer Woche noch hätte das *wirklich* seltsam geklungen.

Jetzt aber klang es auch nicht viel besser.

»Ich dachte, ich hätte einen Luftzug gespürt«, sagte er. »Gerade eben.«

»Sie haben hinten die Fenster aufgemacht«, meinte Yo-less.

Sie sind nicht da, dachte Johnny. Ich werde es also alleine machen müssen. Na schön . . .

»Gibt es jetzt Ärger?« fragte Wobbler. »Das hier *sollte* doch eine öffentliche Versammlung sein.«

»Und, sind wir die Öffentlichkeit oder nicht?« wollte Johnny wissen.

»Sind wir das?«

»Warum nicht?«

Zunächst saßen alle da und starren das leere Podium an. Dann stand Mr. Atterbury auf und hinkte die Stufen hinauf.

»Sollen wir eine Versammlung abhalten?« fragte er.

Kalte Luft wirbelte aus dem Kino heraus.

»Nun, das war sehr lehrreich.«

»Einige von den Tricks müssen sie mit Spiegeln gemacht haben, wenn Sie MICH fragen.«

»Was sollen wir jetzt tun?«

»Wir sollten langsam zurück.«

»Wohin zurück?«

»Zurück auf den Friedhof natürlich.«

»Madam, die Nacht ist noch jung!«

»Das stimmt! Wir haben erst angefangen, uns zu amüsieren.«

»Ja! Und außerdem, tot ist man lange genug, sage ich immer.«

»Ich möchte raus und mein Leben genießen. Als ich noch am Leben war, habe ich das nie gekonnt.«

»Thomas Bowler! Das ist wirklich kein Benehmen für einen Mann in Ihrer Position!«

Die Leute, die an der Burger Bar anstanden, drängten sich enger aneinander, als ein kalter Wind vorbeistrich.

»Thomas Bowler? Wißt ihr ... es hat mir eigentlich nie gefallen, Thomas Bowler zu sein.»

Das Publikum im Frank-W.-Arnold-Bürgerhaus saß betreten da, wie Schüler, deren Lehrer gerade aus dem Klassenzimmer gestürmt ist. Demokratie funktioniert am besten, wenn jemand den Leuten sagt, was sie tun sollen.

Jemand hob die Hand.

»*Können* wir es denn noch irgendwie aufhalten?« fragte er. »Das klang alles so . . . offiziell.«

»Offiziell können wir es, glaube ich nicht«, sagte Mr. Atterbury. »Das Grundstück ist rechtmäßig verkauft worden. Die Vereinigte Holding GmbH könnte recht unangenehm werden.«

»Es gibt so viele andere Plätze«, sagte jemand anders. »Da ist die alte Marmeladefabrik in der Slate Road, und das ganze Gebäude um den alten Güterbahnhof.«

»Und wir könnten ihnen ihr Geld zurückgeben.«

»Wir könnten ihnen sogar das *Doppelte* geben.«

Bei dieser Bemerkung gab es wieder Gelächter.

»Mir scheint«, sagte Mr. Atterbury, »eine Gesellschaft wie die Vereinigte Holding GmbH müßte Rücksicht auf die Leute nehmen. Die Stiefelfabrik hat sich nie um irgend jemanden gekümmert. Sie hatten es nicht nötig. Sie haben Stiefel gemacht. Mehr nicht. Aber niemand weiß so genau, was die VHG eigentlich macht, sie müssen also freundlich tun.« Er rieb sich das Kinn. »Solche großen Gesellschaften mögen kein Aufsehen. Und sie mögen es nicht, wenn man über sie lacht. Wenn es einen anderen Bauplatz gäbe . . . und wenn sie das

Gefühl hätten, daß es uns ernst ist... und wenn wir damit drohen, daß wir ihnen ihr Geld doppelt zurückgeben...«

»Und dann müßten wir was wegen der High Street unternehmen«, meinte jemand.

»Und wir müssen uns darum kümmern, daß wir endlich wieder ein paar Spielplätze bekommen, anstelle all dieser Klohäuschen, die überall gebaut werden.«

»Und den Joshua-N'Clement-Block in die Luft jagen und ein paar richtige Wohnhäuser bauen lassen –«

»Ha!« sagte Bigmac.

»Genau«, fügte Yo-less hinzu.

Mr. Atterbury machte eine beruhigende Geste.

»Alles der Reihe nach«, sagte er. »Laßt uns zunächst mal Blackbury wieder aufbauen. Über Jerusalem können wir morgen nachdenken.«

»Und wir müssen uns einen Namen geben.«

»Gesellschaft zur Konservierung von Blackbury?«

»Klingt, als hätte es was mit Dosen zu tun.«

»Na gut, dann Gesellschaft zum Erhalt von Blackbury.«

»Auch nicht viel besser.«

»Kameraden von Blackbury«, schlug Johnny vor.

Mr. Atterbury zögerte.

»Das ist ein guter Name«, sagte er schließlich, während sich viele im Saal fragten, wie Johnny auf diesen Namen gekommen war. »Aber... nein. Nicht in der heutigen Zeit. Aber offiziell hießen sie die Freiwilligen von Blackbury. Das ist ein guter Name.«

»Er sagt aber noch nichts darüber aus, was wir tun werden, oder?«

»Wenn wir anfangen, ohne zu wissen, was wir eigentlich tun wollen, dann können wir alles tun«, meinte Johnny. »Einstein sagt das«, fügte er stolz hinzu.

»Was, Albert Einstein?« fragte Yo-less.

»Nein, Solomon Einstein«, sagte Mr. Atterbury. »Hah! Den kennst du also auch, was?«

»Äh . . . ja.«

»Ich erinnere mich an ihn. Er war Tierpräparator und hatte ein Geschäft mit ausgestopften Tieren und Angelzubehör in der Cable Street, als ich noch ein Junge war. Er hat immer solche Sachen gesagt. Ein bißchen philosophisch veranlagt, dieser Solomon Einstein.«

»Und er hat nur Tiere ausgestopft?« wollte Yo-less wissen.

»*Und* nachgedacht«, sagte Johnny.

»Nun, die Denkfähigkeit lag wohl in der Familie, könnte man sagen«, sagte Mr. Atterbury. »Außerdem hat man eine ganze Menge Zeit für abstrakte Überlegungen, wenn man mit der Hand in einem toten Dachs steckt.«

»Das stimmt. Man möchte sicher nicht darüber nachdenken, was man da gerade tut«, meinte Wobbler.

»Wir entscheiden uns also für die ›Freiwilligen von Blackbury‹, sagte Mr. Atterbury.

Der Hörer des öffentlichen Telefons im »Weißen Schwan« überzog sich mit Reif.

»Fertig, Mr. Einstein?«

»Legen wir los, Mr. Fletcher.«

Das Telefon klickte, dann war es stumm. Die Luft erwärmte sich wieder.

Kurz darauf wurde die Luft in der zwanzig Kilometer entfernten kleinen Holzhütte, in der die Kontrollapparatur des Radioteleskops der Universität stand, immer kälter.

»Es funktioniert!«

»Natürlich. Von allen Mächten der Erde ist die Macht der Gewohnheit am schwersten zu besiegen. Die Schwerkraft ist nichts dagegen.«

»Wann sind Sie darauf gekommen?«

»Es ist mir eingefallen, als ich mich gerade mit einer besonders großen Forelle beschäftigte.«

»Tatsächlich? Nun ... lassen Sie uns mal sehen, was wir machen können ...«

Mr. Fletcher sah sich in dem kleinen Raum um. Er war im Moment besetzt von Adrian »Nachteule« Miller, der Astronom geworden war, weil er dachte, daß man dann nur lange aufbleiben und durch Teleskope schauen mußte. Jetzt war er alles andere als begeistert, in einer kleinen, zugigen Hütte sitzen und Zahlen in Tabellen einfügen zu müssen.

Die Zahlen, die das Teleskop produzierte, waren alles, was von einem Stern übrig war, der schon seit zwanzig

Millionen Jahren nicht mehr existierte. Eine Milliarde kleiner, gummiartiger Dinger, die auf zwei Planeten ein ruhiges Leben geführt hatten, waren vollkommen zerstört worden, aber immerhin halfen sie Adrian jetzt dabei, einen Doktortitel zu bekommen, und, wer weiß, vielleicht hätten sie das alles völlig in Ordnung gefunden, wenn man sie nur gefragt hätte.

Adrian blickte auf, als der Motor des Teleskops zu rumoren anfing. Auf der Schalttafel leuchteten Lichter auf.

Er starrte die Hauptschalter an und griff dann nach ihnen. Sie waren so kalt, daß es schmerzte.

»Au!«

Das große Gerät drehte sich zum Mond, der genau über Blackbury stand.

Der Drucker hinter Adrian fing an zu rattern, und auf dem endlosen Papierschwall, der aus ihm herauskam, stand:

0101010101010010101010001000010000110011001O1-
010
HIERGEHTGARNICHTSSSS000000000000011101111
ICHBINZ*URÜCK*000010001 . . .

Mr. Fletcher war gerade vom Mond zurückgefallen.

»Wie war es?«

»Ich hatte nicht genug Zeit, um viel zu sehen, aber ich glaube nicht, daß ich dort gerne leben möchte. Aber es

hat funktioniert. Nichts kann uns aufhalten, Mr. Einstein!«

»Genau, Mr. Fletcher! Übrigens, wo ist dieser junge Mann hin?«

»Ich glaube, er mußte schnell weg.«

»Oh. Nun... Wir sollten gehen und den anderen Bericht erstatten, finden Sie nicht?«

In der Polizeiwache von Blackbury war es an diesem Abend relativ ruhig zugegangen. Sergeant Comely hatte Zeit, sich zurückzulehnen und den kleinen Lichtern am Funkgerät zuzusehen.

Er hatte sich mit dem Funkgerät nie so recht anfreunden können, nicht mal in jüngeren Jahren. Es war der Fluch seines Lebens. Irgendwie hatte er sich diesen ganzen »Foxtrott Anton Ida«-Krempel nie merken können – zumindest nicht, wenn er um zwei Uhr morgens hinter Einbrechern herjagte. Er funkt statt dessen Mitteilungen wie »Fotograf Ameise Insel«. Es hatte ihm definitiv jegliche Beförderungschancen vermasselt.

Er haßte den Funk ganz besonders in Nächten wie dieser, wenn er Dienst hatte. Er war schließlich nicht zur Polizei gegangen, um sich mit Technik auseinanderzusetzen.

Dann fingen die Telefone an zu klingeln. Als erster rief der Manager des Odeon an. Sergeant Comely konnte nicht so recht verstehen, was er sagte.

»Also gut, in Ordnung, die Halloween-Show«, sagte

er. »Was meinen Sie damit, es ist kalt geworden? Was soll ich tun? Ein Kino verhaften, weil es kalt geworden ist? Ich bin Polizist, kein Heizungsspezialist! Ich repariere auch keine Videogeräte!«

Das Telefon klingelte wieder, kaum daß er aufgelegt hatte, aber dieses Mal ging einer der jungen Beamten ran.

»Es ist jemand von der Universität«, sagte er und legte die Hand über die Muschel. »Er sagt, eine außerirdische Macht sei in das Radioteleskop eingedrungen. Das ist diese große Satellitenschüssel drüben in Richtung Slate, wissen Sie?«

Sergeant Comely seufzte. »Können Sie ihn um eine Beschreibung bitten?«

»So was hab ich mal in 'nem Film gesehen, Sarge«, erzählte ein anderer Kollege. »Diese Aliens sind gelandet und haben die Leute in der Stadt durch Riesengemüse ersetzt.«

»Tatsächlich? In dieser Gegend könnte es Tage dauern, bis einer das merken würde«, sagte der Sergeant.

Der Beamte legte den Hörer auf.

»Er sagte nur, es war eine sonderbare außerirdische Macht«, berichtete er. »Und außerdem kalt.«

»Oh, eine *kalte*, sonderbare, außeriridische Macht«, sagte Sergeant Comely.

»Und unsichtbar war sie auch.«

»Aha. Würde er sie wiedererkennen, wenn er sie nicht noch mal sehen würde?«

Die jungen Polizisten waren verwirrt. Ich bin einfach zu gut für diesen Job, dachte der Sergeant.

»Okay«, sagte er. »Wir wissen also folgendes. Sonderbare unsichtbare Außerirdische sind in Blackbury eingedrungen. Sie sind erst in die »Graue Ente« gegangen, wo sie einen Video-Spielautomaten in die Luft gejagt haben, was ja nicht ganz unsinnig ist. Danach waren sie im Kino. Nun, das ergibt auch Sinn. Es dauert vermutlich noch Jahre, bis der Film auf andere Planeten...«

Das Telefon klingelte wieder.

»Und was, so fragen wir uns, wird ihre nächste Untat sein?«

»Es ist der Manager von Pizza Surprise, Sarge«, sagte der Polizist. »Er sagt –«

»Genau!« rief der Sergeant. »Stimmt! Sie bestellen sich eine Pizza Nummer drei mit extra viel Pepperoni! Wahrscheinlich, weil die einem ihrer Freunde ähnlich sieht!«

»Es kann nicht schaden, sich kurz mit ihm zu un terhalten«, sagte der Polizist. Er hatte schon länger nichts mehr gegessen. »Nur, um ein bißchen guten Willen –«

»*Ich* werde gehen«, erklärte Sergeant Comely und griff nach seiner Mütze. »Aber wenn ich als Riesengurke wiederkomme, dann gibt es *Ärger.*«

»Meine Pizza bitte ohne Sardellen, Sarge«, sagte der Polizist, als Sergeant Comely in die Nacht hinaustrat.

Es lag etwas Seltsames in der Luft. Sergeant Comely hatte sein ganzes Leben in Blackbury verbracht, und so ein Gefühl hatte er noch nie gehabt. Die Luft wirkte wie elektrisch geladen und schmeckte nach Metall.

Ein Gedanke schoß ihm durch den Kopf.

Was, wenn die Leute recht hätten? Nur, weil es blöde Filme über Außerirdische gab, bedeutete das noch lange nicht, daß so etwas nicht doch passieren konnte, oder? Er sah sich diese Filme immer im Spätprogramm an. Außerirdische suchten sich immer kleine Städte aus, wenn sie landeten.

Er schüttelte den Kopf. Quatsch ...

William Stickers ging durch ihn hindurch.

»Das hätten Sie aber wirklich nicht tun sollen, William«, sagte der Stadtrat, als Sergeant Comely davonrannte.

»Er ist nur ein Symbol der Unterdrückung des Proletariats«, erklärte William Stickers.

»Polizisten sind wichtig«, meinte Mrs. Liberty. »Sonst würden die Leute einfach tun, was sie wollen.«

»Und das können wir nun wirklich nicht gebrauchen«, sagte Mr. Vicenti.

Der Stadtrat sah sich in der schwach beleuchteten Straße um, die sie entlangschlenderten. Es liefen nicht viele Lebende herum, aber eine ganze Menge Toter, die in die Schaufenster sahen oder, wie einige der älteren, über die

Schaufenster an sich staunten und sich fragten, was das wohl sollte.

»Ich erinnere mich nicht, daß es zu meiner Zeit so viele Ladenbesitzer gegeben hätte«, sagte er. »Sie müssen erst vor kurzem hierhergezogen sein. Mr. McPaper und Mr. McDonalds und Mr. Ben Etton.«

»Wer?« fragte Mrs. Liberty.

Der Stadtrat deutete auf das Schild auf der anderen Straßenseite.

»Benetton«, sagte Mr. Vicenti. »Hmmm.«

»Ach so«, brummte der Stadtrat. »Woher soll ich das denn wissen? Und elektrisches Licht überall. Und überhaupt keine Pferde . . . äpfel auf der Straße.«

»Also wirklich!« zischte Mrs. Liberty. »Bitte vergessen Sie nicht, daß Sie in Begleitung einer Dame sind.«

»Deshalb hat er doch Äpfel gesagt«, erklärte William Stickers vergnügt.

»Und das Essen!« sagte der Stadtrat. »Hindu und chinesisch! Hühnchen aus Kentucky! Und wie, sagten Sie, hieß das Zeug aus dem die Kleider gemacht werden?«

»Plastik, glaube ich!« sagte Mr. Vicenti.

»Sehr farbenfroh und haltbar«, sagte Mrs. Liberty. »Und viele Mädchen tragen Beinkleider. Ausgesprochen praktisch und emanzipiert.«

»Und manchmal ausgesprochen hübsch«, warf William Stickers ein.

»Und alle sind so groß, und ich habe noch niemanden auf Krücken gesehen«, stellte der Stadtrat fest.

»So war es nicht immer«, sagte Mr. Vicenti. »Die dreißiger Jahre waren ziemlich düster.«

»Ja, aber jetzt . . .« Der Stadtrat breitete die Arme aus und drehte sich einmal um die eigene Achse. »Läden voller Kinobildschirme! Überall leuchtende Farben! Hochgewachsene Menschen, die ihre eigenen Zähne im Mund haben! Ein Zeitalter der Wunder!«

»Die Leute sehen nicht besonders glücklich aus«, meinte Mr. Vicenti.

»Das liegt nur an der Beleuchtung«, erwiderte der Stadtrat.

Es war fast Mitternacht. Die Toten versammelten sich in den verlassenen Arkaden des Einkaufszentrums. Die Gitter waren heruntergelassen, aber das machte nichts, wenn man tot war.

»Also, das hat wirklich Spaß gemacht«, erklärte der Stadtrat.

»Ich muß Ihnen zustimmen«, sagte Mrs. Syliva Liberty. »So habe ich mich nicht mehr amüsiert, seit ich am Leben war. Es ist ein Jammer, daß wir zurückgehen müssen.«

Der Stadtrat verschränkte die Arme.

»Zurückgehen?« fragte er.

»Also wirklich, Thomas«, sagte Mrs. Liberty, aber mit einem sanfteren Unterton als noch vor Stunden.

»Ich will ja nicht wie Eric Grimm klingen, aber Sie kennen die Regeln. Wir müssen zurück. *Der Tag wird kommen.*«

»Ich gehe nicht zurück. Ich habe mich wirklich amüsiert. Ich gehe *nicht* zurück!

»Ich auch nicht«, verkündete William Stickers. »Nieder mit der Tyrannei!«

»Wir müssen bereit sein für den Tag des Jüngsten Gerichts«, mahnte Mrs. Liberty. »Man kann nie wissen. Es könnte schon morgen sein. Nehmen wir an, es passiert morgen und wir verpassen es, was dann?«

»Hah!« sagte William Stickers.

»Seit mehr als achtzig Jahren habe ich jetzt dagesessen«, sagte Stadtrat Bowler. »Wissen Sie, so habe ich mir das nicht vorgestellt. Ich dachte, es würde für einen kurzen Moment dunkel werden, und dann käme ein Mann, der die Harfen austeilt.«

»Schämen Sie sich!«

»Haben Sie das denn nicht auch erwartet?«

»Ich nicht«, sagte William Stickers. »Der Glaube an ein Leben nach dem Tod, an etwas so Lachhaftes wie Seelen, ist ein primitiver Aberglaube, der keinen Platz in einer fortschrittlichen sozialistischen Gesellschaft hat.«

Sie sahen ihn an.

»Glauben Sie nicht«, sagte Solomon Einstein, »daß es an der Zeit wäre, Ihre Ansichten im Lichte wissenschaftlicher Beweise neu zu überdenken?«

»Bilden Sie sich bloß nicht ein, Sie können mich umstimmen, nur weil Sie zufällig recht haben! Die Tatsache, daß ich im Grunde immer noch . . . hier bin«, sagte William Stickers »stellt noch lange nicht die gesamte Theorie in Frage!«

Mrs. Liberty stieß mit dem Phantom ihres Regenschirms auf den Boden.

»Ich will ja nicht behaupten, daß es keinen Spaß gemacht hat«, sagte sie, »aber die Regeln besagen, daß wir bei Dämmerung alle auf unseren Plätzen sein müssen. Was, wenn wir zu lange wegbleiben und vergessen, wer wir sind? Was, wenn morgen der Tag des Jüngsten Gerichts ist?«

Thomas Bowler seufzte.

»Na gut, nehmen wir an, es wäre so«, sagte er. »Wissen Sie, was ich dann sagen würde? Ich würde sagen: Ich habe 84 Jahre lang mein Bestes gegeben. Und niemand hat mir je gesagt, daß ich danach immer noch ein fetter alter Mann sein würde, der außer Atem gerät. Wieso gerate ich außer Atem? Ich *atme* ja nicht mal. Ich sterbe, und als nächstes finde ich mich in dieser Marmorhütte wieder, wie ein Mann, der *eine Ewigkeit* auf einen Arzt wartet. Fast neunzig Jahre lang! Ich würde sagen: Nennen Sie das etwa gerecht? *Der Tag wird kommen.* Das wissen wir alle. Aber niemand hat uns gesagt, wann das sein wird! »Ich fange gerade erst wieder an, Spaß am Leben zu haben«, sagte er. »Ich wünschte, diese Nacht würde nie ein Ende nehmen.«

Mr. Fletcher stupste Solomon Einstein.

»Sollen wir es ihnen sagen?« sagte er.

»Uns was sagen?« fragte William Stickers.

»Nun, sehen Sie –«, fing Einstein an.

»Die Zeiten haben sich geändert«, sagte Mr. Fletcher. »All dieses Zeugs von wegen bei Dämmerung zu Hause sein und den Hahn nicht krähen hören und so. Das hatte alles einmal durchaus seine Richtigkeit, als die Leute noch dachten, daß die Erde eine Scheibe ist. Aber daran glaubt heute keiner mehr –«

»Äh –« Einer der Toten hob die Hand.

»O ja«, sagte Mr. Fletcher. »Danke, Mr. Ronald Newton (1878–1934), ehemals Vorsitzender der Flache-Erde-Gesellschaft von Blackbury. Ich weiß, daß Sie anderer Ansicht sind. Aber was ich eigentlich sagen will, ist –«

»– Dämmerung bezeichnet genauso einen Ort wie eine Zeit«, ergänzte Einstein und breitete die Arme aus.

»Was in aller Welt soll das heißen?« fragte Mrs. Liberty.

»Auf der Welt und rund um die Welt«, sagte Einstein und wurde ganz aufgeregt. »Eine Nacht und ein Tag, immerzu auf der Jagd nacheinander.«

»Es gibt eine Nacht, die nie zu Ende geht«, sagte Mr. Fletcher. »Das einzige, was man braucht, ist Geschwindigkeit . . .«

»Relativ gesehen«, meinte Einstein.

Kapitel acht

Es gibt eine Nacht, die nie zu Ende geht...

Die Uhr der Welt dreht sich unter ihrem eigenen Schatten. Mitternacht ist ein sich bewegender Ort, der mit tausend Meilen pro Stunde um die Erde saust, wie ein dunkles Messer, das Stück für Stück vom endlosen Brot der Zeit abschneidet. Die Zeit vergeht überall. Aber Tage und Nächte sind ortsgebundene Dinge, die nur für Leute gelten, die am selben Ort bleiben. Wenn man sich schnell genug bewegt, kann man die Uhr überholen...

»Wie viele von uns sind in dieser Telefonzelle?« fragte Mr. Fletcher.

»Dreiundsiebzig«, sagte der Stadtrat.

»Sehr gut. Und wohin wollen wir? Island? In Island ist es noch nicht mal Mitternacht.«

»Ist es lustig in Island?« wollte der Stadtrat wissen.

»Mögen Sie Fisch?«

»Kann ich nicht riechen.«

»Dann lassen wir das lieber mit Island. Ich glaube, es ist schwer, sich in Island zu amüsieren, ohne daß es irgendwas mit Fisch zu tun hat. Nun... in New York ist es jetzt früh am Abend.«

»Amerika?« sagte Mrs. Liberty. »Werden wir dort nicht skalpiert?«

»Du meine Güte, nein!« meinte William Stickers, der etwas mehr auf dem laufenden war, was das Weltgeschehen betraf.

»*Höchstwahrscheinlich* nicht«, sagte Mr. Fletcher, der sich erst vor kurzem die Nachrichten angesehen hatte und daher noch aktuellere Informationen hatte als Mr. Fletcher.

»Hört mal, wir sind doch *tot*«, sagte der Stadtrat. »Worüber sollen wir uns also Sorgen machen?«

»Also, das hier wird Ihnen als Fortbewegungsmittel recht ungewöhnlich erscheinen«, erklärte Mr. Fletcher, als es im Telefon zu klicken anfing, »aber sie müssen mir einfach nur folgen. Ist Stanley Roundway zufällig da?«

Der Fußballer hob die Hand.

»Wir reisen nach Westen, Stanley. Nur dies eine Mal im Tod, versuche die richtige Richtung zu nehmen. Und nun . . .«

Einer nach dem anderen verschwanden sie.

Johnny lag im Bett und beobachtete das angeschlagene Raumschiff, das sich langsam im Mondlicht drehte.

Nach der Versammlung war es recht hektisch zugegangen. Jemand vom *Blackbury Guardian* hatte ihn angesprochen, und dann hatte der lokale Fernsehsender ihn gefilmt, und Leute hatten ihm die Hand geschüttelt. Als er endlich nach Hause kam, war es fast elf.

Wenigstens hatte er keinen Ärger bekommen. Seine Mutter war noch nicht daheim und sein Opa sah sich eine Sendung über Radrennen in Deutschland an.

Er dachte immer noch über die Kameraden nach. Sie waren extra aus Frankreich gekommen. Und dennoch hatten die Toten auf dem Friedhof soviel Angst, von dort verlegt zu werden. Dabei waren sie alle vom selben Schlag. Es mußte einen Grund dafür geben.

Die Toten auf dem Friedhof hingen dort nur rum. Warum? Die Kameraden waren aus Frankreich hermarschiert, weil es richtig war. Man mußte nicht bleiben, wo man hingelegt wurde.

»New York, New York.«

»Warum wird der Name gleich zweimal genannt?«

»Nun, es sind eben Amerikaner. Ich nehme an, sie wollten sichergehen.«

»Diese Lichter sind wirklich überwältigend. Was ist das?«

»Die Freiheitsstatue.«

»Sieht dir irgendwie ähnlich, Sylvia.«

»Unverschämtheit!«

»Paßt ihr alle auf, ob diese Ghostbreakers irgendwo herumfliegen?«

»Ich glaube, die gab es nur im Kino, William.«

»Wie lange noch bis zum Sonnenaufgang?«

»Stunden! Kommt mit! Folgt mir, Leute! Ich weiß, wo wir einen besseren Blick haben.«

Niemand konnte begreifen, warum alle Fahrstühle im World Trade Center fast eine Stunde lang ganz von selbst auf und ab fuhren . . .

Am Morgen des 31. Oktober lag die Stadt im Nebel. Johnny überlegte, ob er die Schule schwänzen sollte, damit er den voraussichtlich aufregenden Abend vorbereiten konnte, beschloß dann aber doch hinzugehen. Es wurde ganz gern gesehen, wenn man wenigstens ab und zu vorbeischaute.

Er nahm den Weg über den Friedhof.

Es war keine Menschenseele zu sehen. Er haßte das. Es war wie in diesen Filmszenen, bei denen man darauf wartete, daß die Außerirdischen plötzlich auftauchten. Das war immer wesentlich gruseliger als die Szenen, in denen die Monster zuschlugen.

Dann entdeckte er Mr. Grimm. Jeder andere, der den Pfad am Kanal entlanggegangen wäre, hätte nur den kaputten Fernseher gesehen. Aber Johnny sah den kleinen Mann in seinem ordentlichen Anzug, der dasaß und in den geisterhaften Fernseher schaute.

»Ach, Junge«, sagte er. »Da hast du wirklich was angestellt, wie?« Er zeigte auf den Bildschirm.

Johnny erschrak. Er sah Mr. Atterbury, der ganz ruhig mit einer Dame redete, die auf einem Sofa saß. Außerdem war einer der Leute von der Vereinigten Holding GmbH dabei, und dieser Holding-Mann hatte Schwierigkeiten. Er hatte eine ganze Liste vorbereiteter

Statements dabei, und nun hatte er Probleme mit der Tatsache, daß er damit nichts mehr anfangen konnte.

Mr. Grimm drehte lauter.

»– zu jedem Zeitpunkt vollkommen aufgeschlossen der öffentlichen Meinung gegenüber, das versichere ich Ihnen. Aber es besteht kein Zweifel, daß wir mit den verantwortlichen Stellen einen legalen Vertrag geschlossen haben.«

»Aber die Freiwilligen von Blackbury sagen, daß schon zuviel hinter verschlossenen Türen entschieden wurde«, wandte die Dame ein, die so aussah, als hätte sie ihren Spaß bei der Sache. »Sie behaupten, diese Dinge seien nie wirklich öffentlich diskutiert worden, und niemand habe die Ortsansässigen angehört.«

»Natürlich trifft die Vereinigte Holding GmbH dabei keinerlei Schuld«, sagte Mr. Atterbury und lächelte wohlwollend. »Sie hat sich im Gegenteil oft ganz bemerkenswert für die Interessen der Öffentlichkeit eingesetzt. Ich glaube, der vorliegende Fall ist eher ein Irrtum als *am Rande der Legalität*, und wir von den »Freiwilligen« würden uns mehr als glücklich schätzen, Ihnen auf konstruktive Weise behilflich sein zu können. Und vielleicht können wir Sie sogar entschädigen.«

Wahrscheinlich merkte niemand außer Johnny und dem Holding-Mann, daß Mr. Atterbury ein Zehn-Pence-Stück aus der Tasche zog. Er drehte es zwischen den Fingern. Der Mann von der Holding beobachtete das Geldstück wie ein Kaninchen die Schlange.

Er wird ihm das Doppelte von dem anbieten, was sie gezahlt haben, dachte Johnny. Direkt vor der Kamera.

Er tat es nicht. Er drehte die Münze nur immer wieder zwischen den Fingern, so daß der Mann sie sehen konnte.

»Das scheint mir ein ausgesprochen diplomatisches Angebot zu sein«, sagte die Dame. »Sagen Sie, Mr. –«

»Ich bin nur ein Sprecher der GmbH«, sagte der Holding-Mann. Er sah ziemlich elend aus. Ein kleiner Blitz zuckte auf, als Licht auf die Münze fiel.

»Sagen Sie, Mr. Sprecher ... was *macht* die Vereinigte Holding GmbH eigentlich?«

Mr. Atterbury wäre vermutlich ein guter Inquisitor gewesen, dachte Johnny im stillen.

Mr. Grimm stellte den Ton wieder leise.

»Wo sind all die anderen?« fragte Johnny.

»Sind nicht zurückgekommen«, sagte Mr. Grimm mit schrecklicher Genugtuung. »Ihre Gräber stehen leer. Das passiert eben, wenn die Leute nicht hören können. Und weißt du, was mit ihnen *passieren* wird?«

»Nein.«

»Sie werden *vergehen.* O ja. Und du hast ihnen diese Idee in den Kopf gesetzt. Sie bilden sich ein, sie können einfach herumziehen und müßten nicht bleiben, wo man sie hingelegt hat ... sie werden nicht zurückkommen. Und das ist das *Ende.* Morgen könnte das Jüngste Gericht hereinbrechen, aber sie werden nicht da sein. Ha! Geschieht ihnen recht.«

Mr. Grimm hatte etwas an sich, das Johnny so wütend machte, daß er ihn am liebsten geschlagen hätte, nur, daß es sowieso nichts genutzt hätte, es wäre nur so, als würde man in den Schlamm schlagen. Man würde sich einfach dreckig machen.

»Ich weiß nicht, wo sie hingegangen sind«, meinte er, »aber ich glaube nicht, daß ihnen was Schlimmes passiert ist.«

»Denk, was du willst«, sagte Mr. Grimm und wandte sich wieder dem Fernseher zu.

»Wußten Sie, daß heute Halloween ist?« fragte Johnny.

»Tatsächlich?« sagte Mr. Grimm und sah sich eine Werbung für Schokolade an. »Dann sollte ich heute nacht lieber vorsichtig sein.«

Als Johnny an der Brücke angekommen war, drehte er sich noch einmal um. Mr. Grimm saß immer noch da, ganz alleine.

Die Toten ritten auf einer Radiowelle über Wyoming ... Sie veränderten sich schon. Man konnte sie immer noch erkennen, aber nur, wenn sie daran dachten.

»Seht ihr, ich habe euch doch gesagt, daß es geht«, sagte die Person, die manchmal noch Mr. Fletcher war. *»Wir brauchen keine Drähte!«*

Sie sausten in einen elektrischen Sturm hoch über den Rocky Mountains. Das machte Spaß.

Und dann surften sie über die Radiowellen nach Kalifornien.

»Wie spät ist es?«

»Mitternacht!«

Johnny wurde in der Schule wie ein Held gefeiert. Auf der Titelseite des *Blackbury Guardian* war ein Artikel mit der Überschrift: VERWALTUNG BEI KRAWALL UM FRIEDHOFSVERKAUF GERÜFFELT. Der *Guardian* benutzte oft Wörter wie »gerüffelt« und »Krawall«; man fragte sich, wie der Redakteur wohl zu Hause redete.

Johnny kam auch in dem Artikel vor, aber sein Name war falsch geschrieben, und außerdem wurde »Kriegsheld Arthur Atterbury, Präsident der neu gegründeten »Freiwilligen von Blackbury« zitiert. »In dieser Stadt gibt es junge Leute mit soviel Gespür für Geschichte, daß sich die Stadtverwaltung gut eine Scheibe davon abschneiden könnte.« Man nimmt an, daß er damit auf Miss Ethel Liberty anspielte, die gestern abend nicht zu einem Kommentar bereit war.«

Sogar der eine oder andere Lehrer sprachen davon; es war ungewöhnlich, daß jemand aus der Schule in der Zeitung stand, außer im Zusammenhang mit Schlagzeilen wie: Zwei Jugendliche wegen Autodiebstahls festgenommen.

Selbst der Geschichtslehrer fragte Johnny nach den Kameraden von Blackbury. Und dann erzählte er seiner Klasse vom Stadtrat und William Stickers und Mrs. Sylvia Liberty, wobei er aber behauptete, die Informationen aus der Bibliothek zu haben. Eines der Mädchen sagte, sie wolle auf jeden Fall ein Projekt über die Frauenrechtlerin Mrs. Liberty machen, und Wobbler sagte, ja, das Recht der Frauen, unrecht zu haben, was zu einer Diskussion führte, die bis zum Ende der Stunde andauerte.

Auch der Rektor zeigte Interesse – wahrscheinlich aus lauter Erleichterung, daß Johnny nicht in einer dieser JUGENDGANG WEGEN LADENDIEBSTAHLS FESTGENOMMEN-Geschichten verwickelt war. Johnny wurde ins Rektorat zitiert. In solchen Fällen war es ratsam, das eine Ende einer Schnur an einen bekannten Ort zu binden und seinen Freunden zu sagen, daß sie nach einem suchen sollten, wenn man nicht innerhalb von zwei Tagen zurück sei.

Johnny wurde mit einer kurzen Ansprache über »soziales Bewußtsein« abgefertigt und war eine Minute später wieder draußen.

Er traf die anderen drei in der Mittagspause.

»Kommt mit«, sagte er.

»Wohin?«

»Auf den Friedhof. Ich glaube, da ist irgendwas schiefgegangen.«

»Ich habe noch nicht zu Mittag gegessen«, sagte

Wobbler. »Regelmäßige Mahlzeiten sind sehr wichtig für mich. Sonst übersäuert mein Magen.«

»Ach, hör schon auf.«

Als sie schließlich im Herzen Australiens miteinander um die Wette rannten, brauchten sie nicht mal mehr das Radio.

Die Dämmerung schlich ihnen über den Pazifik hinterher, aber sie rannten einfach weiter.

»Müssen wir jemals anhalten?«

»Nein!«

»Bevor ich gestorben bin, hatte ich immer schon die Welt sehen wollen!«

»Nun, dann war es nur eine Frage des Timings.«

»Wie spät ist es?«

»Mitternacht.«

Der Friedhof war jetzt nicht mehr leer. Ein paar Fotografen standen herum, sogar einer von der Sonntagszeitung. Auch die Filmcrew vom lokalen Fernsehsender war vor Ort. Und zu den Hundespaziergängern hatten sich andere gesellt, die einfach herumliefen und sich umsahen. In einer verlassenen Ecke schrubbte Mrs. Tachyon geschäftig an einem Grabstein.

»So viele Leute habe ich hier noch nie gesehen«, sagte Johnny. Er fügte hinzu, »zumindest keine, die atmen«.

Yo-less, der mit ein paar Leuten in wollenen Pudelmützen geredet hatte, die begeistert in das Dickicht hinter Mrs. Libertys Grab spähten, kam wieder zurück. »Es heißt, wir haben hier nicht nur Umwelt und Ökologie, sondern auch ein Biotop«, sagte er. »Sie glauben, sie hätten eine seltene skandinavische Drossel entdeckt.«

»Ja, dieser Ort ist voller Leben«, sagte Bigmac.

Ein städtischer Transporter kam den Kanalweg entlanggefahren. Einige Männer in Parkas sammelten die alten Matratzen ein. Der Zombie-Fernseher war schon verschwunden. Mr. Grimm war nirgends zu entdecken, nicht einmal von Johnny.

Draußen vor den Toren parkte ein Streifenwagen. Sergeant Comely war Anhänger der Theorie, daß immer, wenn sich Menschenmengen versammelten, früher oder später etwas Illegales geschehen mußte.

Der Friedhof wimmelte nur so vor Leuten.

»Sie sind fort«, sagte Johnny. »Ich spüre, daß sie ... nicht hier sind.«

Die anderen drei stellten fest, daß sie unwillkürlich dichter aneinander gerückt waren.

In dem Ulmen schrie eine seltene skandinavische Drossel – falls es keine Saatkrähe war.

»Wohin sind sie gegangen?« fragte Wobbler.

»Keine Ahnung!«

»Ich wußte es. Ich *wußte* es!« sagte Wobbler. »Gleich fangen seine Augen an zu glühen, paßt bloß auf. Du hast sie rausgelassen! Bald werden sie überall rumschlurfen, wartet's bloß ab!«

»Mr. Grimm sagt, wenn sie zu weit weg sind, dann... vergessen sie, wer sie sind...« murmelte Johny unsicher.

»Siehst du?« sagte Wobbler. »Du hast mich ausgelacht! Vielleicht sind sie harmlos, solange sie wissen, wer sie sind, aber wenn sie das mal vergessen haben...«

»Die Nacht der Killer-Zomies?« schlug Bigmac vor.

»Das haben wir doch alles schon durchgekaut«, sagte Johnny. »Es sind *keine* Zombies.«

»Ja, aber vielleicht haben sie einen Voodoo-Fischmac gegessen«, sagte Bigmac.

»Sie sind einfach *nicht* da.«

»Wo sind sie dann?«

»Ich *weiß* es nicht!«

»Und heute ist ausgerechnet noch Halloween«, stöhnte Wobbler.

Johnny ging hinüber zum Zaun der alten Stiefelfabrik. Dort parkten einige Autos. Er konnte die hochgewachsene, knochige Gestalt von Mr. Atterbury sehen, der mit einer Gruppe von Männern in grauen Anzügen sprach.

»Ich wollte es ihnen sagen«, meinte er. »Ich glaube, wir könnten gewinnen. Jetzt. Wenn so viele Leute hier sind. Das Fernsehen und alles. Letzte Woche sah alles hoffnungslos aus, aber jetzt haben wir eine Chance, und letzte Nacht wollte ich es ihnen sagen, aber sie waren fort! Und das war ihr Zuhause!«

»Vielleicht haben sie Angst vor den vielen Leuten gehabt«, sagte Yo-less.

»*Die Rückkehr der Lebenden*«, sagte Bigmac.

»Hätte ich doch bloß nichts gegessen!« sagte Wobbler. »Mein Maggen macht das bald nicht mehr mit!«

»Wahrscheinlich lauern sie schon unter deinem Bett«, meinte Bigmac.

»Ich hab keine Angst«, erklärte Wobbler. »Nur einen nervösen Magen.«

»Wir müssen zurück«, sagte Yo-less. »Ich muß ein Projekt über Projekte machen.«

»Was?« fragte Johnny.

»Für Mathe«, sagte Yo-less. »Wie viele Schüler machen Projekte? So 'n Zeug. Statistik.«

»Ich werde nach ihnen suchen«, sagte Johnny.

»Du wirst Ärger kriegen, wenn sie merken, daß du weg bist.«

»Ich sage einfach, daß ich etwas ... Soziales tue. Das funktioniert bestimmt. Kommt jemand mit?«

Wobbler starrte auf seine Füße oder dahin, wo er seine Füße hätte anstarren können, wenn Wobbler nicht im Weg gewesen wäre.

»Was ist mir dir, Bigmac? Du hast doch diese ewiggültige Entschuldigung.«

»Ja, aber sie vergilbt langsam ein bißchen ...«

Niemand wußte, wann sie geschrieben worden war. Man erzählte sich, daß sie schon seit Generationen in Bigmacs Familie weitergereicht wurde. Das Blatt war schon in drei Teile gerissen. Aber meistens funktionierte es. Obwohl Bigmac tropische Fische züchtete und

Ärger normalerweise vermied, war irgendwas an seinem Aussehen und an der Tatsache, daß er im Joshua-N'Clement-Block wohnte, das die Lehrer dazu brachte, dieses Schreiben, das ihn von allem und jedem entschuldigte, nie in Frage zu stellen.

»Wer weiß, wo die mittlerweile sind«, sagte er. »Und außerdem kann ich nicht nach ihnen *schauen*, oder? Sie existieren doch sowieso nur in deinem Kopf.«

»Du hast sie im Radio gehört!«

»Ich habe *Stimmen* gehört. Dazu ist das Radio doch da, oder?«

Johnny wurde wieder mal klar, daß das menschliche Hirn, von dem seine Freunde jeweils ein durchschnittliches Exemplar besaßen, wie ein Kompaß funktionierte. Egal, wie sehr man es schüttelte, egal was damit passierte, früher oder später zeigte es immer wieder in dieselbe Richtung. Wenn drei Meter hohe grüne Männchen vom Mars im Einkaufszentrum landeten, Glückwunschkarten und eine Tüte mit Keksen kaufen und dann wieder abheben würden, würden die Leute schon einen Tag später glauben, daß es niemals geschehen sei.

»Nicht mal Mr. Grimm ist da, und der ist sonst *immer* hier«, sagte Johnny.

Er sah zu Mr. Vicentis geschmücktem Grab hinüber. einige Leute machten Fotos davon.

»Immer hier«, murmelte er.

»Jetzt geht das schon wieder los«, sagte Wobbler.

»Geht ruhig alle zurück«, sagte Johnny ruhig. »Mir ist gerade etwas eingefallen.«

Sie sahen sich alle um. Ihre *Hirne* glaubten vielleicht nicht an die Toten, aber sie wurden immer wieder vom Rest ihres Körpers bestimmt.

»Ich komme zurecht«, sagte Johnny. »Geht schon. Ich sehe euch bei Wobblers Party heute abend, okay?«

»Denk dran – keine ... du weißt schon ... Freunde heute abend«, mahnte Wobbler, bevor die drei sich davonmachten.

Johnny schlenderte den Weg entlang.

Er hatte nie *versucht*, mit den Toten zu reden. Er hatte Dinge gesagt, wenn er wußte, daß sie zuhörten, und manchmal waren sie deutlich zu sehen gewesen, aber außer beim ersten Mal, als er aus Spaß an die Tür vom Mausoleum des Stadtrats geklopft hatte ...

»Seht euch das mal an!«

Einer von den Leuten, die sich das Grab anschauten, hatte das Radio gefunden, das hinter einem Grasbüschel versteckt gewesen war.

»Also wirklich, die Leute haben überhaupt keinen Respekt.«

»Funktioniert es?«

Es funktionierte nicht. Ein paar Tage im feuchten Gras hatten den Batterien den Rest gegeben.

»Nein.«

»Gib es den Männern, die den Müll auf den Lastwagen werfen.«

»Ich mach das schon«, bot Johnny an.

Er ging schnell weiter, wobei er sich immer wieder umsah, um die Toten unter den Lebenden zu entdecken.

»Ach, Johnny.«

Es war Mr. Atterbury, der sich über die Mauer der alten Stiefelfabrik beugte. »Ein aufregender Tag, nicht wahr? Da hast du was ins Rollen gebracht!«

»Das hab ich nicht gewollt«, entgegnete Johnny automatisch. Immer gab man ihm die Schuld.

»Es könnte wirklich funktionieren«, sagte Mr. Atterbury. »Der alte Güterbahnhof ist keine so gute Stelle, aber . . . die Dinge stehen gut. Ich habe das im Gefühl. Die Leute sind aufgewacht.«

»Das stimmt. Ziemlich *viele* Leute.«

»Die Vereinigte Holding mag kein Aufsehen. Und ein Mann vom Bauamt ist auch schon hier. Es könnte alles eine gute Wendung nehmen.«

»Schön. Äh.«

»Ja?«

»Ich habe Sie im Fernsehen gesehen«, sagte Johnny. »Sie haben der Vereinigten Holding Gemeinsinn zugestanden und sie kooperativ genannt.«

»Nun, vielleicht sind sie das ja. Wenn sie keine andere Wahl haben. Sie sind ziemlich gerissen, aber wir könnten es schaffen. Es ist faszinierend, was man mit ein paar netten Worten erreichen kann.«

»Oh. Ach so. Na dann . . . entschuldigen Sie bitte, ich bin noch auf der Suche nach jemandem . . .«

Es gab nirgends ein Zeichen von Mr. Grimm. Oder einem der anderen. Johnny blieb stundenlang dort, mit den Vogelkundlern und den Naturschützern, die hinter William Stickers Grabstein einen Fuchsbau entdeckt hatten, und ein paar japanischen Touristen. Niemand wußte so recht, warum die japanischen Touristen da waren, aber Mrs. Libertys Grab wurde sehr oft geknipst.

Aber selbst japanischen Touristen gehen irgendwann die Filme aus. Sie fotografierten sich noch ein letztes Mal gegenseitig vor William Stickers Grabstein und kehrten dann zurück zu ihrem Bus.

Langsam leerte sich der Friedhof. Die Sonne sank hinter den Teppichboden-Supermarkt.

Mrs. Tachyon schob ihren vollen Einkaufswagen vorbei und steuerte ihr Nachtquartier irgendwo an.

Die Autos waren jetzt alle weg, und nur die Bulldozer standen noch an der alten Stiefelfabrik, wie prähistorische Monster, die von einem plötzlichen Kälteeinbruch überrascht worden waren.

Johnny schlich hoch zu dem einsamen Grabstein unter den Bäumen.

»Ich weiß, daß Sie hier sind«, flüsterte er. »Sie können nicht fort wie die anderen. Sie müssen bleiben. Weil *Sie* ein Gespenst sind. Ein echtes Gespenst. Sie sind immer noch hier, Mr. Grimm. Sie hängen nicht einfach hier rum wie die anderen. *Sie* spuken.«

Es war vollkommen still.

»Was haben sie getan? Waren Sie ein Mörder oder was?«

Es blieb immer noch still. Es war sogar noch stiller als sonst.

»Das mit dem Fernseher tut mir leid«, sagte Johnny nervös.

Noch mehr Stille, so schwer und so tief, daß man eine Matratze damit hätte stopfen können.

Johnny ging fort, so schnell er sich traute.

Kapitel neun

Dieser ganze Zirkus um den Friedhof hat zumindest ein bißchen Leben in diese Stadt gebracht«, sagte Johnnys Mutter. »Bring doch bitte deinem Opa sein Tablett, ja? Und erzähl es ihm. Du weißt, daß er sich dafür interessiert.«

Opa sah sich gerade die Nachrichten auf Hindi an. Er wollte das eigentlich nicht, aber die Fernbedienung war verschollen, und sie hatten alle vergessen, wie man ohne das Ding umschalten konnte.

»Hier ist dein Tablett, Opa.«

»Aha.«

»Dieser alter Friedhof, weißt du? Wo du mir das Grab von William Stickers gezeigt hast?«

»Ja?«

»Na ja, vielleicht wird da jetzt doch nicht darauf gebaut. Gestern abend war eine Versammlung.«

»Ja?«

»Ich habe auch etwas gesagt.«

»Aha.«

»Und jetzt wird vielleicht doch alles gut.«

»Aha.«

Johnny seufzte. Er ging zurück in die Küche.

»Kann ich ein altes Laken haben, Mam?«

»Du lieber Himmel, wozu denn das?«

»Wobblers Halloween-Party. Mir fällt nichts Besseres ein.«

»Dann nimm das, mit dem ich immer die Möbel abdecke. Du mußt nur Löcher reinschneiden.«

»Danke, Mam.«

»Es ist rosa.«

»Oh, Mam!«

»Es ist schon völlig verwaschen. Niemand wird es merken.«

Wie sich herausstellte, hatte es außerdem ein paar Überreste von Blumenstickereien an den Rändern. Johnny nahm die Schere und tat, was er konnte.

Er hatte versprochen hinzugehen. Aber er nahm den längeren Weg, das Leintuch in der Tasche, nur für den Fall, daß die Toten zurückgekehrt waren und ihn sehen konnten. Und außerdem mußte er über Mr. Grimm nachdenken.

Nachdem er einige Minuten fort war, fingen im Fernsehen die englischen Nachrichten an, die allerdings weniger interessant aussahen als die Hindi-Version.

Opa schaut eine Weile zu, dann reckte er sich.

»Heh, Mädchen, hier heißt es, sie wollen den alten Friedhof retten.«

»Ja. Dad.«

»Der Kerl auf der Bühne sah wie unser Johnny aus.«

»Ja, Dad.«

»Keiner erzählt mir hier was. Was ist denn das?«

»Hähnchen, Dad.«

»Aha.«

Sie befanden sich irgendwo im asiatischen Hochland, wo einst Karawanen über Tausende von Kilometern Handel mit Seide betrieben hatten, und sich jetzt Wahnsinnige im Namen verschiedener Götter gegenseitig erschossen.

»Wie lange noch, bis es hell wird?«

Nicht mehr lange ...«

»Was?«

Die Toten wurden ein wenig langsamer. Sie waren auf einem hohen Joch, mitten in einem Schneesturm.

»Wir sind dem Jungen etwas schuldig. Er hat sich für uns eingesetzt. Er hat an uns gedacht.«

»Das ist vollkommen korrekt. Erhaltung der Energie. Außerdem wird er sich Sorgen machen.«

»Ja, aber ... wenn wir jetzt zurückkehren ... dann werden wir wieder wie früher, oder? Ich kann jetzt schon das Gewicht des Grabsteins fühlen.«

»Sylvia Liberty! Du hast gesagt, wir dürften nicht weggehen!«

»Ich habe meine Meinung eben geändert, William.«

»Genau. Ich habe die Hälfte meines Lebens damit zugebracht, mich vor dem Tod zu fürchten, und jetzt, wo ich tot bin, hört die Angst endlich auf«, sagte der

Stadtrat. »*Und außerdem... erinnere ich mich an Dinge...*«

Von den anderen kam ein Gemurmel.

»*Ich glaube, das tun wir alle*«, sagte Solomon Einstein. »*All die Dinge, die wir vergesen hatten, als wir noch lebten...*«

»*Das ist das Problem mit dem Leben*«, meinte der Stadtrat. »*Man verschwendet soviel Zeit damit. Ich meine, ich will nicht sagen, daß es keinen Spaß gemacht hat. Zum Teil jedenfalls. Eigentlich sogar eine ganze Menge. Auf seine Art. Aber es war nicht das, was man* Leben *nennen würde...*«

»*Wir müssen uns nicht vor dem Morgen fürchten*«, sagte Mr. Vicenti. »*Wir müssen uns überhaupt nicht mehr fürchten.*«

Ein Skelett öffnete die Tür.

»Ich bin's, Johnny.«

»Ich bin's Bigmac. Was bist du, ein schwules Gespenst?«

»So rosa ist es nun auch wieder nicht.«

»Die Blumen sind gut.«

»Komm schon, laß mich rein, es ist eiskalt hier draußen.«

»Kannst du auch gleichzeitig schlurfen und tanzen?«

»Bigmac!«

»Na, dann komm schon.«

Irgendwie sah es so aus, als hätte Wobbler sich nicht

allzuviel Mühe mit der Vorbereitung der Party gegeben. Es hingen ein paar Luftschlangen und Gummispinnen herum, und es gab so eine schreckliche Bowle, wie man sie bei solchen Gelegenheiten immer bekommt (die mit den bräunlichen Orangenstückchen) und Schalen voller Knabberzeug. Und einen Kürbis, der aussah, als wäre er in einen Mähdrescher geraten.

»Es hätte eine Laterne werden sollen«, erklärte Wobbler, »aber ich konnte keinen Kürbis finden, der groß genug war.«

»Der ist wohl Hannibal Lecter im Dunkeln begegnet?« meinte Yo-less.

»Die Plastikfledermäuse sind gut, was?« sagte Wobbler. »Die kosten nur fünf Pence das Stück. Möchtest du noch Bowle?«

Es waren auch noch andere Leute da, aber in der Dunkelheit war schwer zu erkennen, für wen sie sich hielten. Einer hatte lauter Nähte und einen Nagel im Hals, aber das war nur Nodj, der immer so aussah. Dann gab es die Jungs von Wobblers Computer-Gruppe, die schon von alkoholfreiem Bier betrunken wurden und dann herumtorkelten und so Sachen sagten wie: »Ich bin total verrückt«. Und ein paar Mädchen, die Wobbler eigentlich kaum kannte. Es war eben so ein typisches Fest. Man wußte schon im voraus, daß irgend jemand was in die Bowle schütten würde, und alle redeten über die Schule. Und um elf würde der Vater von einem der

Mädchen kommen und mit entschlossener Miene herumhängen und allem einen Dämpfer aufsetzen, als ob es nicht schon lahm genug wäre.

»Wir könnten ein Spiel spielen«, schlug Bigmac vor.

»Nicht die Tote Hand«, sagte Wobbler. »Nicht nach letztem Jahr. Man soll Trauben und so was herumreichen, nicht einfach alles, was man im Kühlschrank findet.«

»Die Sachen waren nicht so schlimm«, sagte eines der Mädchen. »Sondern was es sein sollte.«

»Also gut«, sagte Johnny zu Yo-less. »Ich hab wirklich versucht, drauf zu kommen. Wer bist du?«

Yo-less hatte die Hälfte seines Gesichtes mit weißer Schminke angemalt. Er trug kein T-Shirt, nur ein Unterhemd, aber er hatte ein Stück künstliches Leopardenfell gefunden, das er über die Schulter geworfen hatte. Und er trug einen schwarzen Hut.

»Baron Samedi, der Voodoo-Gott«, sagte Yo-less. »Ich hab die Idee aus einem James-Bond-Film.«

»Das ist rassistisch«, sagte jemand.

»Nein, ist es nicht«, sagte Yo-less. »Nicht, wenn *ich* so was tue.«

»Ich bin mir ziemlich sicher, daß Baron Samedi keine Melone getragen hat. Mit der Melone siehst du irgendwie aus, als wärst du auf dem Weg ins Büro.«

»Ich kann nichts dafür. Was anderes hab ich nicht gefunden.«

»Vielleicht ist er Baron Samedi, der Voodoo-Gott der Steuerberater«, sagte Wobbler.

Einen Moment lang dachte Johnny an Mr. Grimm; sein Gesicht war zwar einfarbig, aber er sah wahrhaftig wie der Voodoo-Gott der Steuerberater aus, wenn es denn so was gab.

»In dem Film hatte er lauter Tarot-Karten und so'n Zeug«, sagte Bigmac.

»Nicht ganz«, meinte Johnny, der langsam wieder aufwachte. »Tarot-Karten sind was Europäisches. Voodoo ist ein afrikanischer Okkultismus.

»Sei nicht blöd, Voodoo kommt aus Amerika«, sagte Wobbler.

»Nein, amerikanischer Okkultismus ist, daß Elvis Presley noch lebt«, sagte Yo-less. »Voodoo kommt aus Westafrika, mit christlichen Einflüssen. Ich hab's nachgelesen.«

»Ich hätte ein paar ganz *normale* Spielkarten«, bot Wobbler an.

»Keine Karten«, sagte Baron Yo-less ernst. »Meine Mutter würde ausrasten.«

»Und wie wär's mit Tischerücken?«

»Nein. Das könnte dazu führen, daß finstere Mächte über uns hereinfallen«, erzählte Baron Yo-less. »Das passiert schnell bei spiritistischen Sitzungen.«

Jemand schaltete die Anlage an und fing an zu tanzen.

Johnny starrte in sein Glas mit dem schrecklichen Gesöff. Ein Orangenkern schwamm darin herum.

Karten und Tischerücken, dachte er. Und die Toten. Das sind keine finsteren Mächte. Sich über Karten und Heavy Metal aufzuregen, und Fantasyspiele zu verteufeln, weil Dämonen drin vorkommen, ist ungefähr so, wie die Tür zu bewachen, wenn *Es* in Wirklichkeit durch die Ritzen im Fußboden hereinkommt. Wirklich finstere Mächte . . . sind nicht finster. Sie sind eher grau, so wie Mr. Grimm. Sie nehmen dem Leben die ganze Farbe; sie nehmen eine Stadt wie Blackbury und verwandeln sie in leere Straßen und Leuchtreklame und . . . und Hochhäuser, in denen niemand leben will und in denen niemand wirklich *lebt*. Es sieht so aus, als wären die Toten lebendiger als wir. Und jeder wird grau und verwandelt sich in eine Zahl und dann fängt irgend jemand irgendwo an, damit rumzurechnen.

Der Dämon Yoth-Ziggurat will einem vielleicht die Seele in kleine Stückchen schneiden, aber zumindest behauptet er nicht, daß man gar keine hat. Und man hat wenigstens die Chance, das magische Schwert zu finden.

Er dachte immer noch über Mr. Grimm nach. Selbst die Toten hielten sich von ihm fern.

Als er wieder aufwachte, hörte er Wobbler gerade sagen: »Wir könnten losziehen und Zoll erheben.«

»Meine Mutter sagt, das ist auch nicht besser, als Betteln«, meinte Yo-less.

»Ha, im Joshua N'Clement ist es noch viel schlimmer«, sagte Bigmac. »Dort heißt das Spiel, ›fünf Pfund her, oder du kannst deine Reifen vergessen‹.«

»Wir könnten es hier im Viertel probieren«, sagte Wobbler. »Oder wir könnten zum Einkaufszentrum gehen.«

»Da wird's nur voll von Kindern sein, die in Kostümen rumrennen und schreien.«

»Ein paar mehr stören dann auch nicht«, sagte Johnny.

»Na gut«, sagte Wobbler. »Dann laßt uns gehen . . .«

Tatsächlich war das Neil-Armstrong-Einkaufszentrum voller Leute, die nicht mehr wußten, was sie auf ihren Halloween-Parties anfangen sollten. Sie liefen in Gruppen herum, begafften die Kostüme der anderen und unterhielten sich, was ziemlich genau das war, was sie sonst auch taten, außer, daß das Zentrum heute aussah wie Transsylvanien am verkaufsoffenen Abend.

Zombies schlurften unter den Neonröhren herum. Hexen hockten in Grüppchen und kicherten über die Jungs. Grinsende Kürbisse hüpften in den Aufzug. Vampire kauerten unter den traurigen Zimmerbäumen und fummelten an ihren falschen Gebissen herum. Mrs. Tachyon wühlte in den Mülleimern nach Dosen.

Johnnys pinkfarbenes Gespenstergewand stieß auf reges Interesse.

»Irgendwelche Toten gesehen?« fragte Baron Yoless, nachdem Wobbler und Bigmac sich davongemacht hatten, um etwas zum Essen aufzutreiben.

»Hunderte«, sagte Johnny.

»Du weißt, was ich meine.«

»Nein. *Die* nicht. Ich mache mir Sorgen, daß ihnen was passiert ist.

Sie sind *tot.* Wenn sie überhaupt existieren«, sagte Yo-less. »Sie können schließlich nicht überfahren werden oder so. Nachdem du ihren Friedhof gerettet hast, machen sie sich vielleicht einfach nicht mehr die Mühe, mit dir zu reden. Das ist es wahrscheinlich. Ich glaube, daß –«

»Will jemand eine Himbeer-Schlange?« fragte Wobbler und raschelte mit einer großen Papiertüte. »Die Totenköpfe sind auch empfehlenswert.«

»Ich geh nach Hause«, sagte Johnny. »Irgendwas stimmt nicht, und ich weiß nicht, was es ist.«

Eine zehnjährige Braut von Dracula flatterte vorbei.

»Ich muß ja zugeben, das hier ist nicht besonders aufregend«, sagte Wobbler. »Wißt ihr was? Im Fernsehen läuft heute *»Die Nacht der nervigen Vampire«*. Das könnten wir uns zusammen anschauen.« »Und was ist mit den anderen?« fragte Bigmac. Der Rest der Party hatte sich aufgelöst.

»Ach, was soll's. Die wissen ja, wo ich wohne«, sagte Wobbler philosophisch, als ein blutbefleckter Leichenschänder mit einem Eis am Stiel vorbeilief.

»Ich glaube nicht an nervige Vampire«, sagte Bigmac, als sie an die frische Luft kamen. Es war jetzt wesentlich kühler, und es zog wieder Nebel auf.

»Ach, ich weiß nicht«, sagte Wobbler. »Ich schätze, hier bei uns in der Gegend wären sie so.«

»Und würden Fruchtsaft saugen«, sagte Yo-less.

»Und ihre Mutter würde ihnen verbieten, früh ins Bett zu gehen«, meinte Bigmac, aber in diesem Punkt waren sie sich nicht unbedingt einig.

»Warum gehen wir hier lang?« fragte Wobbler. »Das ist nicht der Weg zurück.«

»Außerdem ist es neblig«, sagte Bigmac.

»Das ist nur der Dunst vom Kanal«, meinte Johnny.

Wobbler blieb stehen.

»O nein«, sagte er.

»Hier entlang geht es schneller«, sagte Johnny.

»O ja. *Schneller.* Ganz bestimmt. Weil ich *rennen* werde.«

»Sei nicht bescheuert.«

»Es ist Halloween!«

»Na und? Du siehst aus wie Dracula – wovor hast du Angst?«

»Da gehe ich heute abend nicht lang!«

»Es ist kein bißchen anders als tagsüber.«

»Okay, es ist dasselbe, aber *ich* bin anders!«

»Angst?« fragte Bigmac.

»Was? Ich? Angst? Ha? Ich? Ich habe überhaupt keine *Angst.*«

»Es ist allerdings wirklich ein bißchen riskant«, meinte Baron Yo-less.

»Ja, riskant«, sagte Wobbler schnell.

»Ich meine, man kann nie wissen«, fügte Yo-less hinzu.

»Nie wissen«, echote Wobbler.

»Es ist doch bloß eine Straße in unserer Stadt. Mit Lichtern und einer Telefonzelle und allem«, sagte Johnny. »Ich... ich werde einfach keine Ruhe finden, bis ich nicht nachgesehen habe. Ok? Und außerdem sind wir schließlich zu viert.«

»Das heißt nur, daß gleich viermal etwas Furchtbares passieren kann«, meinte Wobbler.

Aber während sie redeten, waren sie weitergegangen; jetzt konnten sie das Licht der Telefonzelle wie einen verschwommenen Stern im Nebel erkennen.

Die anderen drei wurden still. Der Nebel schluckte alle Geräusche.

Johnny horchte. Aber es war nicht mal die Löschpapier-Stille zu hören, die die Toten machten.

»Seht ihr?« flüsterte er. »Ich habe ja gesagt –«

Jemand hustete in einiger Entfernung. Alle vier versuchten plötzlich, denselben Platz einzunehmen.

»Tote husten nicht!« zischte Johnny.

»Dann ist jemand auf dem Friedhof!« sagte Yo-less.

»Menschenräuber!« sagte Wobbler.

»Grabschänder!« sagte Bigmac.

»Darüber hab ich was in der Zeitung gelesen!« flüsterte Wobbler. »Leute, die Gräber für irgendwelche satanischen Riten aufbuddeln.«

»Seid still!« sagte Johnny. Sie sanken in sich zusammen. »Für mich klang das, als käme es von der alten Stiefelfabrik.«

»Aber es ist mitten in der Nacht«, meinte Yo-less.

Sie schlichen vorwärts. Im Licht der Straßenlaterne tauchte ein dunkler, kantiger Umriß auf.

»Ein Lastwagen«, sagte Johnny. »Da. Graf Dracula hat nie einen Lastwagen gefahren.«

»Aber nur, weil es damals noch keine gab.« Bigmac zwang sich zu einem Grinsen.

Irgendwo im Nebel erklang ein metallisches *Kling.*

»Wobbler?« sagte Johnny mit, wie er hoffte, ruhiger Stimme.

»Ja?«

»Du wolltest doch rennen. Dann renn zu Mr. Atterburys Haus und sag ihm, daß er herkommen soll.«

»Was? Ganz alleine?«

»Alleine kannst du viel schneller rennen.«

»Stimmt!« Wobbler warf ihnen noch einen verängstigten Blick zu und verschwand.

»Was tun wir hier eigentlich?« fragte Yo-less und starrte mit den anderen beiden in den Nebel.

Diesmal war das Geräusch nicht zu verkennen. Es war vom Nebel gedämpft, aber es war eindeutig das Geräusch eines großen Dieselmotors, der angelassen wurde.

»Jemand klaut einen Bullzozer!« rief Bigmac.

»Ich wünschte, es wäre so«, sagte Johnny. »Aber ich glaube es nicht. Kommt mit.«

»Hört mal, wenn da jemand mitten in der Nacht einen Bulldozer ohne Lichter fährt, dann will ich nicht in der Nähe sein«, sagte Yo-less.

Lichter gingen an, etwa fünfzig Meter entfernt. Man konnte nicht viel sehen, nur zwei Lichtkegel im Nebel.

»Besser so?« fragte Johnny.

»Nein.«

Die Lichter bewegten sich. Die Maschine holperte auf die Friedhofsmauern zu. Alte Schmetterlingssträucher und tote Brennesseln wurden unter den Ketten zerquetscht, und es gab einen Schlag, als die Schaufel gegen den unteren Teil der Mauer knallte.

Johnny rannte neben der Maschine entlang und schrie. »Heh!«

Das Fahrzeug hielt an.

»Lauf weg!« zischte Johnny Yo-less zu, »Lauf! Erzähl den Leuten, was hier vor sich geht!«

Ein Mann schälte sich aus der Fahrerkabine und sprang herunter. Er ging auf die Jungen zu und drohte mit dem Finger.

»Kinder, Kinder«, sagte er, »jetzt gibt es *wirklich* Ärger.«

Johnny wich zurück, und jemand packte ihn an der Schulter.

»Du hast gehört, was dieser Mann gesagt hat«, knurrte eine Stimme an seinem Ohr. »Das ist alles deine Schuld. Du hast also überhaupt nichts gesehen, verstanden? Wir wissen, wo du wohnst – o nein, das wirst du nicht tun.« Eine Hand schoß hervor und packte Yo-less, als der versuchte, sich davonzustehlen.

»Weißt du, was ich glaube?« sagte der Mann, der den Bulldozer gefahren hatte. »Ich denke, daß wir Glück hatten, daß wir gerade vorbeikamen und die beiden erwischt haben. Es ist ein Jammer, daß sie mit dem Ding schon quer über den Friedhof gefahren waren. Diese Kinder heutzutage, was?«

Ein Ziegelstein flog an Johnnys Kopf vorbei und traf den Mann neben ihm an der Schulter.

»Was zum –«

»Ich hau dir die Fresse ein! Ich hau dir die Fresse ein!«

Aus dem Nebel tauchte Bigmac auf. Er sah furchterregend aus. Er griff nach einer Metallstange des kaputten Zauns, riß sie aus der Mauer und schwang sie über dem Kopf.

»Was ist? Was? Ich dreh euch allen den Hals um!«

Dann rannte er los.

»Aaaaaaaaaarrrrrr –«

Und alle vier begriffen, daß er vor nichts zurückschrecken würde.

Kapitel zehn

Bigmac sprang entschlossen über das Geröll, ein wütendes kahlköpfiges Skelett.

»Schnapp ihn dir!«

»Schnapp du ihn doch!«

Die Zaunstange knallte gegen den Bulldozer, und Bigmac strauchelte. Auch wenn er wie ein Wahnsinniger kämpfte, war er doch immer noch Bigmac, und der Fahrer war ein kräftiger Mann. Aber Bigmac hatte den Vorteil, daß er einen kurzen Moment lang nicht zu bremsen war. Wenn es dem Mann gelungen wäre, ihm einen Schlag zu versetzen, dann hätte er keine Chance mehr gehabt, aber es waren einfach zu viele Arme und Beine im Weg, und Bigmac versuchte außerdem, ihn ins Ohr zu beißen.

Dennoch –

Aber dann erschienen Scheinwerfer nahe dem Tor und hüpften auf und ab, wie bei einem Auto, das mit großer Geschwindigkeit über den holprigen Boden fuhr.

Der Mann, der Johnny festhielt, ließ los und verschwand im Nebel. Der andere schlug Bigmac mit der Faust in den Magen und folgte seinem Partner.

Der Wagen kam schleudernd zum Stehen, und ein fetter Vampir sprang heraus und rief: »Euch krieg ich noch! Euch krieg ich noch!«

Mr. Atterbury stieg etwas gesitteter aus.

»Es ist schon gut. Sie sind fort«, sagte Johnny. »In dem Nebel finden wir die nie.«

Irgendwo in der Ferne hörte man einen Motor anspringen und dann Reifen quietschen.

»Aber ich habe die Autonummer!« rief Wobbler und hüpfte von einem Fuß auf den anderen. »Ich hatte keinen Stift, also hab ich auf die Fensterscheibe gehaucht und dann mit dem Finger draufgeschrieben!«

»Sie wollten mit dem Bulldozer über den Friedhof fahren!« sagte Yo-less.

»Auf die beschlagene Scheibe, schau!«

»Du meine Gütte, ich hätte etwas mehr von der Vereinigten Holding GmbH erwartet«, sagte Mr. Atterbury. »Sollten wir nicht lieber nach deinem Freund schauen?«

Bigmac kniete auf dem Boden und keuchte.

»Ich muß nur immer wieder draufhauchen, damit man sie sehen kann!«

»Alles in Ordnung, Bigmac?«

Sie hockten sich neben ihn. Er keuchte vor Asthma. Seine Lungen pfiffen richtig.

»Ich . . . ich hab ihnen ganz schön Angst eingejagt . . . was?« kriegte er heraus.

»Und wie«, sagte Johnny. »Komm ich helf dir hoch.«

»Ich habe sie da gesehen –«

»Wie geht es dir?«

»Ziemlich fertig.«

»Wartet mal, ich muß noch mal draufhauchen –«

»Hilf ihm in den Wagen.«

»Geht schon –«

»Ich bring ihn ins Krankenhaus, vorsichtshalber.«

»Nein!«

Bigmac schubste sie weg und raffte sich wackelig auf.

»Es geht schon«, sagte er. »Unkraut vergeht nicht.«

Rote und blaue Lichter erschienen im Nebel, und eine Polizeisirene heulte ein- oder zweimal und hörte dann verlegen wieder auf.

»Ah«, sagte Mr. Atterbury. »Ich fürchte, meine Frau hat sich ein bißchen aufgeregt und die Polizei gerufen. Äh ... Bigmac, nicht wahr? Würdest du die Männer wiedererkennen, wenn du sie siehst?«

»Klar. Einer von ihnen hat Bißspuren am Ohr.« Bigmac hatte plötzlich den gehetzten Blick eines Menschen, der sich nur ungern der Polizei gegenübersah. »Aber ich gehe auf kein Polizeirevier. Auf gar keinen Fall.«

Mr. Atterbury erhob sich, als der Streifenwagen anhielt.

»Ich denke, es ist am besten, wenn ich rede«, meinte er, als Sergeant Comely ausstieg. »Ah, Ray«, sagte er. »Ich bin froh, daß Sie kommen konnten. Kann ich Sie einen Augenblick sprechen?«

Die Jungen standen zusammengedrängt da und schauten zu, wie die Männer zu dem Bulldozer hinübergingen und die Überreste der Mauer begutachteten.

»Das gibt Ärger«, sagte Bigmac. »Comely nimmt mich sicher wegen Ohrenbeißens fest. Oder weil ich den Bulldozer verbeult habe. Wartet's bloß ab.«

Wobbler tippte Johnny auf die Schulter.

»Du *wußtest*, daß was passieren würde«, sagte er.

»Ja. Keine Ahnung, warum.«

Sie sahen zu, wie die Polizisten in Mr. Atterburys Auto hineinspähten.

»Er liest meine Schrift«, sagte Wobbler. »War das nicht genial von mir?«

Dann ging Comely wieder zurück zum Streifenwagen. Sie hörten ihn ins Funkgerät sprechen.

»Nein! Ich wiederhole: H wie Haarig, W wie Wagner – Wagner! Wagner! Nein! W wie in Westfalen. A wie Antoinette –«

Mr. Atterbury kam aus der Richtung des Bulldozers und winkte mit einer Zange.

»Ich glaube nicht, daß das Ding sich heute nacht noch bewegt«, sagte er.

»Was passiert jetzt?« fragte Johnny.

»Das ist noch nicht ganz klar. Möglicherweise können wir den Lastwagen ausfindig machen. Ich glaube, ich habe Sergeant Comely überzeugt, daß wir zunächst kein großes Aufsehen erregen sollten. Er wird aber Aussagen von euch haben wollen. Mehr wahrscheinlich nicht.«

»Waren die von der Vereinigten Holding?«

Der alte Mann zuckte die Achseln.

»Vielleicht hat jemand gemeint, es wäre alles etwas einfacher, wenn der Friedhof es nicht mehr wert wäre, gerettet zu werden«, sagte er. »Vielleicht haben ein paar Typen den Auftrag bekommen, ein kleines – äh – Halloween-Spektakel zu veranstalten –«

Aus dem Polizei-Funkgerät kam ein krachendes Geräusch.

»Sie haben auf der East Slate Road einen Transporter angehalten«, rief der Sergeant hinüber. »Klingt, als wären es unsere Freunde.«

»Gut gemacht, lobte der Kommissar«, sagte Yo-less mit tiefer Stimme. »Die furchtbaren vier haben die ganze Bande gefangen! Gute Arbeit! Und alle gingen heim zu Kaffee und Kuchen.«

»Es wäre eine große Hilfe, wenn du mit zum Polizeirevier kämst, Bigmac«, sagte Mr. Atterbury.

»Kommt nicht in Frage!«

»Ich würde mitgehen. Und einer deiner Freunde könnte auch mitkommen.«

»Es wäre wirklich eine Hilfe«, sagte Johnny.

»Ich komme mit dir«, bot Yo-less an.

»Und dann«, sagte Mr. Atterbury, »wird es mir ein Vergnügen sein, den Vorsitzenden der Vereinigten Holding aus dem Bett zu klingeln. Ein sehr großes Vergnügen.«

Es war zehn Minuten später. Bigmac war mit zum Polizeirevier gekommen, begleitet von Yo-less und Mr. Atterbury. Man hatte ihm zugesichert, daß man ihn wegen gewisser Kleinigkeiten wie zum Beispiel Autos, die nicht da standen, wo ihre Besitzer sie erwarteten, nicht befragen würde.

Die Straßenlampen von Blackbury glühten im Nebel, der sich jetzt ein wenig lichtete. Sie ließen die Dunkelheit hinter dem Teppichboden-Supermarkt noch viel tiefer und viel dunkler wirken.

»Also, da wär's dann«, sagte Wobbler. »Das Spiel ist aus. Gehen wir nach Hause.«

Der Nebel wurde vom Wind weggeblasen. Man konnte sogar den Mond durch die Wolkenfetzen sehen.

»Komm schon«, sagte er noch einmal.

»Es ist immer noch nicht in Ordnung«, sagte Johnny. »So kann es nicht enden.«

»Das Ende ist doch in Ordnung«, sagte Wobbler. »Wie Yo-less schon gesagt hat: Böse Männer eingesperrt. Vier Jungs haben den Friedhof gerettet, und jetzt gibt's Kuchen für alle.«

Der verlassene Bulldozer wirkte in diesem blassen Licht viel größer.

Die Luft prickelte ein wenig.

»Irgend etwas wird passieren«, sagte Johnny und rannte in Richtung Friedhof.

»Warte mal –«

»Komm mit!«

»Nein! Nicht da rein!«

Johnny drehte sich um.

»Und du willst ein Vampir sein?«

»Aber –«

»Komm schon, das Geländer ist sowieso kaputt.«

»Aber es ist fast Mitternacht! Und da drinnen sind Tote!«

»Na und? Früher oder später sind wir alle tot.«

»Ja, aber ich, ich wäre es lieber später, vielen Dank!«

Johnny konnte es um sich herum spüren – ein bedrückendes Gefühl, wie kurz vor einem Gewitter. Es hing über den bröckelnden Grabsteinen und schwebte über den staubigen Sträuchern.

Der Nebel strömte jetzt davon, als versuche er, vor irgend etwas zu fliehen. Der Mond schien von einem dunkelblauen Himmel herunter und malte noch dunklere Schatten auf den Boden.

North Drive und East Way... sie waren immer noch da, aber sie sahen jetzt anders aus. Sie gehörten an einen anderen Ort – wo die Leute den Straßen der Toten nicht Namen geben wie in den Städten der Lebenden...

»Wobbler?« sagte Johnny ohne sich umzudrehen.

»Ja?«

»Bist du da?«

»Ja.«

»Danke.«

Er konnte spüren, wie etwas von ihm abfiel wie eine

schwere Decke. Er war überrascht, daß seine Füße immer noch auf dem Boden waren.

Er rannte den North Drive entlang zu dem kleinen Platz, an dem all die Straßen aufeinandertrafen.

Dort war schon jemand.

Sie wirbelte mit ausgestreckten Armen und geschlossenen Augen herum, der Kies knirschte unter ihren Füßen, das Mondlicht glitzerte auf ihrem alten Hut. Ganz alleine tanzte Mrs. Tachyon dort in der Nacht.

Nicht ganz allein ...

Die Luft sprühte Funken. Glühende Linien, blau wie Elektrizität, dünn wie Rauch, schossen aus dem klaren Himmel. Wo sie die Finger der tanzenden Frau berührten, streckten sie sich, zerbrachen und bildeten sich wieder neu.

Sie krochen über das Gras. Sie zischten durch die Luft. Der ganze Friedhof war lebendig, erfüllt mit blaßblauen Kometen.

Lebendig ...

Mrs. Tachyons Füße berührten den Boden nicht mehr.

Johnny sah seine eigenen Finger an. Über seiner rechten Hand knisterte ein blauer Strahl wie ein Nordlicht. Als er den Sternen zuwinkte, glitzerte es, und er fühlte, wie seine Füße vom Kiesweg abhoben.

»Woooow!«

Die Lichter wirbelten um ihn herum und ließen ihn sanft wieder zu Boden sinken.

»Wer *seid* ihr?«

Ein Feuerstrahl schoß durch die Nacht und explodierte dann. Funken flogen heraus und malten Linien in die Luft, die einen vertrauten Umriß annahmen, wie von Neon umrahmt.

»Nun«, sagte die Gestalt, und blaues Feuer funkelte in ihrem Bart, »bis heute abend habe ich gedacht, ich sei William Stickers. Schau!«

Blaue Leuchtstreifen bogen sich noch einmal über den Grabstein, flirrten um den dunklen Klotz des Bulldozers und glitten darüber hinweg, so daß er leuchtete.

Der Motor sprang an.

Man konnte das Schalten des Getriebes hören.

Die Maschine bewegte sich vorwärts. Die Geländerstangen schepperten auf den Boden und rollten klirrend davon. Die Mauer krachte zusammen.

Lichter kreisten um den Bulldozer, als er davonrollte.

»Heh! Halt!«

Metall knirschte. Das Motorengeräusch wurde zu einem dunklen, beharrlichen Dröhnen.

Die Lichter drehten sich und sahen Johnny an. Er konnte ihre Aufmerksamkeit spüren.

»Was *machen* Sie da?«

Ein Licht zersprang und wurde zum glitzernden Schattenriß des Stadtrats.

»Ist das nicht, was die Leute wollten?« sagte er. »Wir brauchen ihn nicht mehr. Und *wenn* es jemand macht, dann sollten wir das sein. Das ist unser gutes Recht.«

»Aber Sie haben gesagt, das hier wäre Ihr Zuhause!« sagte Johnny.

Mrs. 3Sylvia Liberty zeichnete sich in der Dunkelheit ab.

»Es gibt hier nichts mehr«, sagte sie, »was wichtig für uns wäre.«

»Die Macht der Gewohnheit hat das Proletariat schon zu lange unterdrückt«, sagte William Sticker. »Zumindest damit hatte ich recht.«

»Dieser ekelhafte Bolschewist sollte sich endlich mal rasieren, aber ansonsten hat er recht«, meinte Mrs. Liberty. Und dann lachte sie. »Mir scheint, wir haben viel zuviel Zeit damit verbracht, uns darüber zu beklagen, was wir nicht sind, anstatt zu überlegen, was wir sein *könnten.*«

»Unabhängig von der Zeit«, sagte Mr. Einstein und wurde knisternd sichtbar.

»Und von den Dimensionen«, fügte Mr. Fletcher hinzu, der funkelte wie ein Blitzlicht.

»Ohne die Last eines Körpers«, sagte der Stadtrat.

»Wir gehen in die Verlängerung«, erklärte Stanley Roundway.

»Potenziert«, meinte Mr. Vicenti.

»Wir mußten es erst herausfinden«, sagte Mr. Fletcher. »Man muß es ausprobieren. Man muß vergessen, wer man war. Das ist der erste Schritt. Dann hat man genügend Platz um herauszufinden, was man ist. Was man sein kann.«

»Also gehen wir«, sagte der Stadtrat.

»Wohin?«

»Das wissen wir nicht. Es wird sehr interessant sein, das herauszufinden«, sagte Solomon Einstein.

»Aber . . . aber . . . wir haben den Friedhof gerettet!« stotterte Johnny. »Wir hatten eine Versammlung! Und Bigmac . . . und ich haben uns gemeldet und . . . es wurde im Fernsehen gebracht, und die Leute haben wirklich darüber geredet! Niemand wird hier irgendwas bauen! Es waren Naturschützer da und all so was! Macht den Motor aus! Wir haben den Friedhof gerettet!«

»Aber wir brauchen ihn nicht mehr«, meinte der Stadtrat.

»*Wir* brauchen ihn!«

Die Toten sahen ihn an.

»Wir brauchen ihn«, wiederholte Johnny. »Er ist . . . er ist wichtig für uns.«

Der Dieselmotor puffte. Die Maschine vibrierte. Die Toten, falls sie das noch immer waren, schienen zu überlegen.

Dann nickte Solomon Einstein.

»Da hast du natürlich recht«, sagte er mit dieser schrillen Strimme, die er immer bekam, wenn er aufgeregt war. »Es gleicht sich alles aus, verstehst du? Die Lebenden müssen sich erinnern, und die Toten müssen vergessen. Das Prinzip der Energieerhaltung.«

Der Motor des Bulldozers stotterte und kam zum Stillstand.

Mr. Vicenti hob die Hand. Sie glühte wie ein Feuerwerk.

»Wir sind gekommen, um uns zu verabschieden. Und um uns zu bedanken«, sagte er.

»Ich habe doch kaum was getan.«

»Du hast zugehört. Du hast dir Mühe gegeben. Man kann einen Orden auch einfach dafür bekommen, daß man da war. Die Menschen vergessen so oft diejenigen, die einfach nur da waren.«

»Ja, ich weiß.«

»Aber jetzt ... müssen wir woanders hin.«

»Nein ... gehen Sie noch nicht«, sagte Johnny. »Ich muß Sie noch was fragen –«

Mr. Vicenti drehte sich um.

»Ja?«

»Äh ...«

»Ja?«

»Gibt's da so was wie ... Engel und so? Sie wissen, was ich meine. Oder ... Teufel? Ziemlich viele Leute würden das bestimmt gerne wissen.«

»O nein. Ich glaube nicht. Solche Dinge ... nein. Das ist was für die Lebenden. Nein.«

Der Stadtrat rieb sich die glitzernden Hände. »Ich denke, es wird weitaus interessanter als das.«

Die Toten gingen, und einige von ihnen wurden in der Bewegung wieder zu leuchtendem Rauch.

Einige bewegten sich auf den Kanal zu. Dort war ein Boot. Es erinnerte ein bißchen an eine Gondel. Eine dunkle Gestalt stand an einem Ende und stützte sich auf einen Stab, der im Wasser verschwand.

»Ich werde abgeholt«, sagte William Stickers.

»Es sieht ein bißchen . . . gruselig aus. Nehmen Sie's mir nicht übel«, sagte Johnny.

»Nun, ich dachte, ich versuche es mal. Wenn ich es nicht mag, gehe ich woanders hin«, meinte William Stickers und ging an Bord. »Fahren wir, Kamerad.«

IN ORDNUNG, sagte der Fährmann.

Das Boot bewegte sich vom Ufer weg. Der Kanal war nur ein paar Meter breit, aber das Boot schien weit weg zu treiben . . .

Stimmen kamen übers Wasser zurück.

»Mit einem Außenbordmotor würde dieses Ding wie ein Vogel fliegen, weißt du?«

ICH MAG ES, WIE ES IST, MR. STICKERS.

»Wie wirst du bezahlt?«

GRAUENHAFT.

»Ich würde mir das nicht gefallen lassen, wenn ich du wäre –«

»Ich weiß nicht, wo er hinfährt«, sagte der Stadtrat, »aber er wird sicher einiges dort umorganisieren. Er ist und bleibt altmodisch, unser William«

Von etwas weiter unten am Ufer war ein Klicken und Brummen zu hören. Einstein und Fletcher saßen stolz in einer Art – nun, es sah zum Teil aus wie die schematische Darstellung eines elektrischen Stromkreises und zum Teil wie eine Maschine und wie Mathematik aussehen würde, wenn sie ein Festkörper wäre. Es glühte und sprühte Funken.

»Gut, was?« sagte Mr. Fletcher.

»Dies ist ein Gedankenflug«, erklärte Solomon Einstein stolz.

»Wir werden uns einige Dinge ganz genau ansehen.«

»Genau. Und wir fangen mit allem an.«

Mr. Fletcher tätschelte die Maschine vergnügt.

»So ist es! Nichts kann uns aufhalten, Mr. Einstein!«

»Nicht mal das Nichts, Mr. Fletcher!«

Die Linien wurden heller, flossen zu einem Umriß zusammen. Dann verschwanden sie. Aber kurz vorher sah es aus, als würden sie beschleunigen.

Und dann standen nur noch drei da.

Der Stadtrat wandte sich zu Mrs. Liberty.

»Komm, Sylvia«, sagte er. »Ich glaube, für uns ist ein etwas irdischeres Fortbewegungsmittel passender.«

Er nahm ihre Hand. Sie ignorierten Johnny und traten auf das schwarze Wasser des Kanals hinaus.

Sie sanken langsam und hinterließen einen perlartigen Glanz auf der Oberfläche, der allmählich verblaßte.

Dann hörte man einen Motor anspringen. Aus dem Wasser stieg der Geist des toten Ford Capri, glasklar wie eine Luftblase, und schwebte in den Himmel.

Der Stadtrat kurbelte eine unsichtbare Scheibe herunter.

»Mrs. Liberty findet, wir sollten dir etwas sagen«, meinte er. »Aber ... es ist schwer zu erklären, weißt du.«

»Was denn?« fragte Johnny.

»Übrigens, wieso trägst du eigentlich ein rosa Laken?«

»Äh –«

»Ich nehme an, es ist nicht so wichtig.«

»Ja«

»Nun –« Der Wagen drehte sich langsam; Johnny konnte durch ihn hindurch den Mond sehen. »Du kennst diese Spiele, wo die Kugel nach oben läuft und hin und her springt und dann am Ende unten in ein Loch fällt?

»Flipper?«

»Nennt man die heute so?«

»Ich glaube schon.«

»Oh. Na schön.« Der Stadtrat nickte. »Nun ... wenn man da drinnen hin und her springt, dann kann man sich sicher schwer vorstellen, daß es draußen ein Zimmer gibt und außerhalb des Zimmers eine Stadt und außerhalb der Stadt ein Land und außerhalb des Landes eine Welt und außerhalb der Welt eine Billiotrillion Sterne, und das ist erst der Anfang ... aber es ist da, verstehst du? Wenn du das einmal weißt, dann hörst du auf, dich wegen des Lochs aufzuregen. Und du springst wahrscheinlich eine ganze Weile länger herum.«

»Ich ... ich werde versuchen, mich daran zu erinnern.«

»Gut so. Nun sollten wir uns lieber auf den Weg machen ...«

Ein geisterhaftes Getriebe krachte. Das Auto vibrierte.

»Gib Gas. Äh ... lebwohl ...«

Der Wagen stieg langsam auf, drehte sich in Richtung Osten und glitt dann nach oben davon ...

Und dann war nur noch einer da.

»Nun, ich schätze, ich mache mich auch auf den Weg«, sagte Mr. Vicenti. Er holte einen Zylinder und einen altmodischen Spazierstock aus der Luft.

»Warum gehen Sie alle fort?« fragte Johnny.

»Es ist der Tag des Jüngsten Gerichts«, sagte Mr. Vicenti. »Haben wir beschlossen.«

»Ich dachte, da gäbe es Posaunen und so was.«

»Ich glaube, darüber mußt du dir selbst ein Urteil bilden. Es hat keinen Sinn, auf etwas zu warten, was du schon hast. Es ist für jeden anders, verstehst du? Ich wünsche dir viel Freude mit dem Friedhof. Friedhöfe sind am Ende doch Orte für die Lebenden.«

Mr. Vicenti zog sich ein Paar weiße Handschuhe an, drückte einen unsichtbaren Liftknopf und stieg in eine ebenso unsichtbare Kabine. Weiße Federn fielen aus seinen Ärmeln.

»Du meine Güte«, rief er und öffnete die Jacke. »Weg mit euch, und fliegt schon! Alle! Husch!«

Ein halbes Dutzend geisterhafter Tauben machte sich frei und schoß in die Dämmerung hinaus.

»Da! Das ist der Beweis. Irgendwann kann man sich von allem befreien«, rief Mr. Vicenti. Johnny hörte gerade noch, wie er hinzufügte, »obwohl ich zugebe, daß drei Handschellen, sechs Meter Kette und ein Leinensack unter bestimmten Umständen ziemliche Schwierigkeiten machen können...«

Das Licht glitzerte auf seinem Hut.

Und dann... war immer noch einer da.

Johnny drehte sich um.

Mr. Grimm stand in der Mitte des Weges, die Hände ordentlich gefaltet. Dunkelheit umgab ihn wie Nebelschwaden. Er schaute zum Himmel hinauf. Johnny hatte noch nie so einen Blick gesehen...

Er erinnerte sich, wie Bigmac vor einigen Jahren einmal eine Party gefeiert und ihn nicht eingeladen hatte. Er hatte nachher gesagt, »natürlich nicht, ich wußte doch, daß du kommen würdest, ich mußte dich nicht extra fragen, es war nicht nötig, daß ich ich einlade, du hättest doch einfach so kommen können«. Aber alle anderen waren hingegangen und hatten darüber geredet, daß sie hingehen wollten, und er hatte sich gefühlt, als hätte sich ein Abgrund in seinem Leben aufgetan. So etwas war furchtbar, wenn man sieben Jahre alt war.

Es war noch viel, viel schlimmer, wenn man tot war.

Mr. Grimm sah, wie Johnny ihn anstarrte.

»Hah«, sagte er und nahm sich zusammen. »Das wird denen noch leid tun.«

»Ich werde herausfinden, was Sie verheimlichen, Mr. Grimm«, sagte Johnny.

»Ich verheimliche nichts«, fuhr ihn das Gespenst an.

Johnny ging durch ihn hindurch. Es war einen Moment lang kalt, und dann war Mr. Grimm fort.

Und dann war niemand mehr da.

Die wirkliche Nacht kehrte zurück. Die Geräusche der Stadt, das entfernte Summen des Verkehrs, füllten den Raum, den vorher die Stille eingenommen hatte.

Johnny ging über den Kiespfad zurück.

»Wobbler?« flüsterte er. »Wobbler?«

Er fand ihn hinter einem Grabstein kauernd, die Augen fest zugekniffen.

»Komm«, sagte er.

»Hör mal, ich –«

»Es ist alles in Ordnung.«

»Es war ein Feuerwerk, ja?« sagte Wobbler. Sein Graf-Dracula-Make-up war verwischt und dreckig, und er hatte sein Gebiß verloren. »Jemand hat Raketen abgeschossen, ja?«

»Genau.«

»Natürlich. Ich hatte keine Angst.«

»Nein.«

»Aber diese Dinger können gefährlich sein.«

»Oh, na klar.«

Sie drehten sich um, als es hinter ihnen anfing zu klappern. Mrs. Tachyon erschien, mit ihrem Einkaufswagen: Die Räder holperten und rutschten auf dem

Kies. Sie ignorierte die beiden. Johnny und Wobbler traten schnell beiseite, als der Wagen in der Finsternis verschwand. Ein Rad quietschte.

Dann gingen sie durch den Morgennebel nach Hause.

Kapitel elf

Wie Thommy Atkins einmal gesagt hatte, es muß nicht unbedingt vorbei sein, nur weil es aufgehört hat.

Da war zum Beispiel Bigmac. Yo-less war mit ihm nach Hause gegangen, und Bigmacs Bruder war noch wach gewesen und hatte auf ihn gewartet und ihn zur Schnecke gemacht. Bigmac hatte ihn ein paar Sekunden lang ganz seltsam angestarrt und ihm dann einen so festen Boxhieb versetzt, daß es ihn umwarf. Yo-less erzählte später ehrfürchtig, der Schlag sei so hart gewesen, daß das Wort »TAH« in großen schwarzen Buchstaben auf dem Kinn von Bigmacs Bruder erschienen sei. Und dann hatte Bigmac Clint angeschnauzt, und der Hund war unters Sofa gekrochen. Dann mußte Yo-less seine Mutter wecken, damit sie mit dem Auto kam, um Bigmacs Koffer, drei Aquarien mit Tropenfischen und zweihundert Hefte des *Waffenjournals* in ihr Gästezimmer zu transportieren.

Und dann gab es eine großzügige Spende von der Vereinigten Holding GmbH an die »Freiwilligen von Blackbury«. Wie Mr. Atterbury gesagt hatte: Es ist faszinierend, was man mit ein paar freundlichen Worten erreichen kann, vorausgesetzt, man hat dabei einen Knüppel in der Hand.

Der Friedhof sah schon erheblich bewohnter aus. Es gab endlose Streitereien zwischen den »Freiwilligen«, die ihn zu einem Lebensraum machen wollten, anderen, die eher für ein Biotop stimmten und einer mittleren Gruppe, die einfach nur wollte, daß er hübsch sauber aussah, aber zumindest wollte man ihn, und das schien Johnny das Wichtigste.

Johnny brauchte eine ganze Woche, um rauszufinden, was er eigentlich wollte, und als er es wußte, ging er damit zum Friedhof hinunter; nach der Schule, als niemand dort war. Auf dem Boden lag Reif.

»Mr. Grimm?«

Er fand ihn am Kanal, wo er saß und aufs Wasser hinausstarrte.

»Mr. Grimm?«

»Geh weg. Du bist gefährlich.«

»Ich dachte, Sie wären vielleicht ein bißchen . . . einsam. Also habe ich das hier mitgebracht.«

Er öffnete die Tasche.

»Mr. Atterbury hat mir geholfen«, sagte er. »Er hat Freunde angerufen, die einen Elektronikladen haben. Er ist repariert. Er wird funktionieren, bis die Batterien leer sind, und dann, dachte ich, läuft er wahrscheinlich auf Geisterbatterien weiter.«

»Was ist das?«

»Ein ganz kleiner Fernseher«, sagte Johnny. »Ich dachte, Sie könnten ihn in einen Busch oder irgendwohin stellen, und niemand wird wissen, daß es ihn gibt, außer Ihnen.«

»Warum tust du das?« fragte Mr. Grimm mißtrauisch.

»Weil ich in den Zeitungen nachgeschaut habe, was es mit Ihnen auf sich hat. 21. Mai 1927. Da stand nicht viel. Nur, daß man Sie im ... Kanal gefunden und der Staatsanwalt die Ermittlungen aufgenommen hat.«

»Oh? Ein bißchen rumgeschnüffelt, was? Und was glaubst du zu wissen?«

»Nichts.«

»Ich brauche mich nicht zu rechtfertigen.«

»Konnten Sie deshalb nicht mit den anderen fortgehen?«

»Was? Ich kann gehen, wann immer ich will«, sagte der Geist von Mr. Grimm schnell. »Wenn ich hier bleibe, dann nur, weil ich hier sein will. Ich weiß, wo ich hingehöre. Ich weiß, was sich gehört. Ich könnte gehen, wann immer ich will. Aber ich habe schließlich meinen Stolz. Leute wie du können das nicht verstehen. Sie nehmen das Leben nicht ernst genug.«

Es war kein langer Artikel in der Zeitung gewesen. Mr. Vicenti hatte recht gehabt. Damals wurde über solche Dinge nicht viel geschrieben. Mr. Grimm war ein ehrenwerter Bürger gewesen, der sich immer geduckt hatte, ein Mann aus den hinteren Reihen, und dann war sein Geschäft pleite gegangen, und es hatte irgendwie Ärger wegen Geld gegeben, und dann war da der Kanal. Mr. Grimm hatte das Leben sehr ernst genommen, seines ganz besonders.

Über solche Sachen redete man damals nicht. Selbstmord war ein Verbrechen. Johnny fragte sich, warum. Es bedeutete, daß man, wenn man vorbeischoß oder das Gas ausging oder das Seil riß, auch noch ins Gefängnis gesperrt wurde, damit man begriff, daß das Leben wirklich lustig und durchaus lebenswert war.

Mr. Grimm schlang die Arme um die Knie.

Johnny wußte, daß er nichts mehr zu sagen hatte, also sagte er nichts.

Statt dessen stopfte er den kleinen Fernseher tief in einen Busch, wo niemand, nicht einmal der beste Naturschützer, ihn finden würde.

»Können Sie ihn mit Ihren Gedanken einschalten?« sagte er.

»Wer sagt denn, daß ich das will?«

Der Fernseher ging an, und leise erklang eine bekannte Erkennungsmelodie.

»Warten Sie mal«, sagte Johnny. »Sie haben eine ganze Woche verpaßt . . . Mrs. Swede hat gerade herausgekriegt, daß Janine nicht auf die Party gegangen ist . . . Mr. Hatt hat Jason entlassen, weil er denkt, daß er das Geld gestohlen hat . . . und . . .«

»Ich verstehe.«

»Also . . . ich gehe dann, ja?«

»In Ordnung.«

Johnny wandte sich noch einmal um.

»Ich bin sicher, daß die Stunden wie im Flug vergehen werden.«

»Ja, sicher.«

»Also ... tschüs dann.«

»Sicher.«

»Mr. Grimm?« Johnny wollte sagen: Sie können gehen, wann immer Sie wollen. Aber dafür schien es keinen Grund zu geben.

»Sicher.«

Johnny sah noch eine Weile zu, dann drehte er sich um und ging fort. Die anderen zwei warteten an der Telefonzelle auf ihn.

»War er da« sagte Yo-less.

»Ja.«

»Was macht er jetzt?«

»Er sieht fern«, sagte Johnny.

»Ich nehme an, Gespenster tun das ziemlich oft«, sagte Wobbler.

»Schätze schon.«

»Alles in Ordnung?«

»Ich habe nur über den Unterschied zwischen Himmel und Hölle nachgedacht.«

»Klingt gar nicht in Ordnung, wenn ihr mich fragt.«

Johnny blinzelte. Er sah sich die Welt an.

Sie war, ohne übertreiben zu wollen, wundervoll.

Sie war nicht schön. Oder gut. Aber es gab so viele ...

Dinge. Man konnte nie alles ergründen. Ständig wurde man von neuem überrascht . . .

»Also gut«, sagte er. »In Ordnung. Was machen wir jetzt?«